中公文庫

化学探偵Mr.キュリー 10

喜多喜久

中央公論新社

目次

Characters

沖野春彦（おきの　はるひこ）
四宮大学理学部化学科の准教授。化学界では名を知られた存在で、通称Ｍｒ．キュリー。
大学の『モラル向上委員』や『コンプライアンス委員』をうっかり引き受けたことをきっかけに、様々なトラブルに巻き込まれるようになる。

七瀬舞衣（ななせ　まい）
四宮大学庶務課に勤める職員。
好奇心が強く、学内外の事件に積極的に首を突っ込みがち。

猫柳（ねこやなぎ）
四宮大学庶務課の課長。趣味はウィキペディアの記事作成。大学に所属している教職員の記事を作っては、ネットにアップロードしている。舞衣に沖野の存在を教えた人物。

氷上一司（ひかみ　かずし）
東理大学の教授で、沖野とは大学院時代から同じ研究室で学んだライバル同士。沖野を自分の研究室に復帰させようと、彼の元に通って説得を続けている。

村雨不動（むらさめ　ふどう）
東理大学名誉教授で、ノーベル化学賞受賞者。沖野が学生時代から師事していた。国内外の科学者への甚大なる影響力を持つ。

美間坂剣也（みまさか　けんや）
中性的な外見をした人気男性アイドル。舞衣とは高校時代のクラスメートで、親友でもある。ある事件で沖野に助けられ、その後沖野を「春ちゃん」と呼んで追いかける。

化学探偵Mr.キュリー10

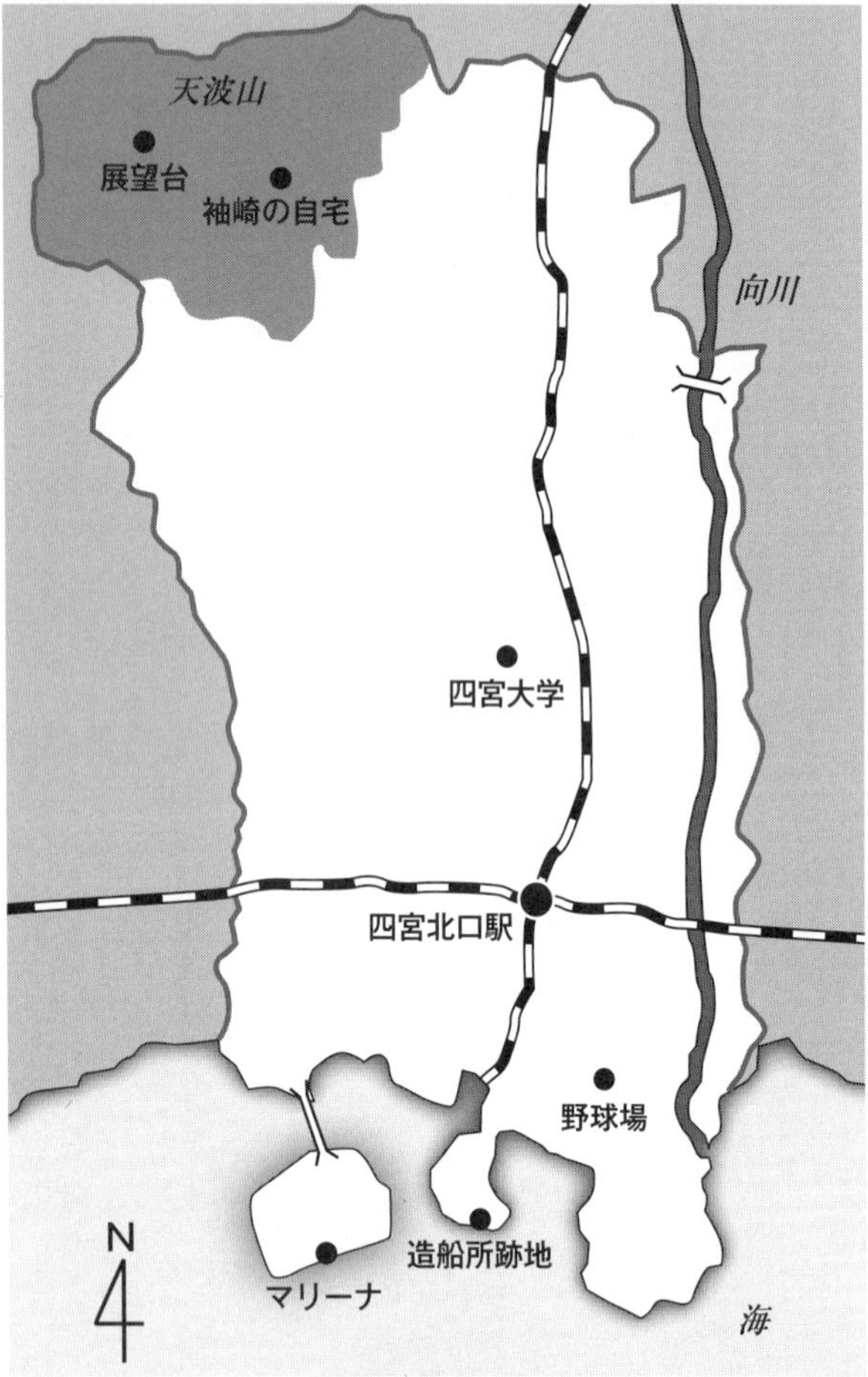

【四宮市全域図】

プロローグ

今日の仕事をすべて終え、私は自室のベッドに上がった。

時刻《じこく》は午後十一時を過ぎた。眠りにつく前のこの時間に、私はイメージトレーニングを行うことにしている。

いつものように胡坐《あぐら》を組み、背筋《せすじ》を伸《の》ばして目を閉じた。

呼吸はゆっくりと、なるべく深く行う。

頭の中で繰《く》り広げられるのは、暴漢《ぼうかん》との戦いだ。

戦う場所はどこか。季節はいつで、どのような天候《てんこう》か。時間は何時頃か。敵《てき》は何人いるのか。どんな武器《ぶき》を持っているのか。状況の組み合わせをいろいろと変えながら、護《ご》衛《えい》すべき人間を守り抜く手順を可能な限り具体的に思い描《えが》く。そういうトレーニングだ。ありとあらゆるパターンを想定《そうてい》しておくことで、実際に同じ場面に遭遇した時に素早《すばや》く、迷《まよ》いなく動ける。私はそう信じている。

ナイフを持った三人組と戦う場面を脳内《のうない》シミュレーションしていると、ドアをノックする音が聞こえてきた。

「……こんな時間に？」

いったい誰《だれ》だろう、と声に出さずに呟《つぶや》き、私はイメージトレーニングを中断してベッドを降《お》りた。

私が寝泊《ねと》まりしているのは、王宮内にある護衛隊用の個室の一つだ。家具は備え付けで、私物を持ち込む必要はない。ワンルームで、広さはおよそ二〇平方メートル。ものの数秒でドアにたどり着いた。

慎重《しんちょう》にドアを引き開ける。そこにいたのは、ユリヤ王子だった。

「こんばんは、多華子《たかこ》」と彼が微笑《ほほえ》む。

「どうされたのですか、殿下《でんか》」と私は思わず声を上げていた。私はユリヤ王子の護衛隊に所属しているが、彼がこの部屋にやってきたのはこれが初めてだった。

「明日はいよいよ出発だ。旅行の準備は終わったかなと思ってね」

二人だけの時、私たちは日本語で言葉を交わす。

「……ええ、はい」と私は戸惑《とまど》いながら頷《うなず》いた。準備と言っても大したことはない。滞在中に必要なものの多くは、輸送専任の部署が準備してくれる。私がやることと言えば、着替えと身の回りのものをスーツケースに詰《つ》めるだけだ。

王子には別の用件があるのではないか、と私は感じていた。彼の海外訪問に同行するのは、これが初めてではない。旅行準備の確認のために、わざわざ私のところに来るとは思えない。

「何か、気がかりなことでも？」と私は小声で尋《たず》ねた。「日本は比較《ひかく》的安全な土地です。危険なことが起きる可能性は低いと思いますが」

「……少し、気持ちが昂《たかぶ》っているのかもしれないね」と王子は肩《かた》をすくめた。「今回の旅先は、僕にとっては特別な場所だから」

「何か、私にできることはありますか」

「ああ。もちろんあるとも。向こうでは、なるべく普段通りの君でいてほしい。変わらないことが、きっと僕を安心させてくれると思うから」

「難《むずか》しい依頼《いらい》です」と私は正直に言った。「安全確保が私の責務《せきむ》ですから、どうしても普段より警戒《けいかい》が強まります」

「君ならできるよ。信頼している。……もう寝るところかい？」

「そうですね。あと一時間ほどで」

「そうか。いきなりすまなかったね。おやすみ、多華子」

「おやすみなさい」

王子が小さく微笑み、廊下《ろうか》を去っていく。彼の背中が角を曲がるのを見届け、私はドアを閉めた。

ドアに背中を預け、大きく息を吐《は》き出す。頰《ほお》が熱くなっているのが分かる。

まさかこんな時間に王子がやってくるとは思わなかった。完全な不意打ちだった。

普段は自分の気持ちをコントロールできているので、王子と二人で会話をしても心拍《しんぱく》数《すう》は変わらない。だが、今夜は無理だった。体が勝手に反応してしまった。

王子の護衛隊の一員になるずっと前から、私は彼のことを愛《あい》していた。「始まり」がいつだったのか、私は覚えていない。ただ、少なくとも十年は経《た》っていると思う。

もちろん、自分の気持ちを彼に伝えるつもりは一切《いっさい》ない。彼はいずれ国王になる人物だ。平民の私との間に恋愛《れんあい》が成立することはありえない。「好きです」などと口走れば、ただ彼を困らせてしまうだけだ。

愛情そのものは、護衛活動にとってプラスに働く。命を懸《か》けても彼を守ろうという覚《かく》悟《ご》に繋《つな》がるからだ。ただ、その気持ちは決して顔や態度に出してはならないものだ。いかなる時も、それを忘れてはいけない。

私は深呼吸で心拍数を落ち着け、ベッドに向かった。イメージトレーニングの続きに戻らねばならない。

Chapter 1

1

およそ四十日間にもわたる夏季休暇《かききゅうか》が明けた、九月七日。七瀬舞衣《ななせまい》は、午前八時過ぎに自宅《じたく》を出た。

「……あっつぅ」

一歩目を踏《ふ》み出したところで、思わず声が漏《も》れた。

空は抜けるような青色で、雲の欠片《かけら》すら見当たらない。完璧《かんぺき》な快晴《かいせい》だ。ニュースでは、今年は例年より気温が低いと言っていたが、日差しは強烈《きょうれつ》で、日傘《ひがさ》を差していても肌への刺激《しげき》を感じる。

できればクーラーの効いた自分の部屋に戻りたいところだが、ぐずぐずしていたらどんどん汗が噴《ふ》き出てくる。舞衣は覚悟を決めて歩き出した。

勤務《きんむ》先である四宮《しのみや》大学までは徒歩で十分ほどの距離だ。日陰《ひかげ》を選びつつ、足早に路地を進んでいく。

　住宅街を抜け、大通りを横断すると、大学の敷地に隣接《りんせつ》する自然公園が見えてくる。普段の朝は公園内のランニングコースにランナーの姿があるのだが、今はがらんとしている。さすがに暑すぎるのだろう。

　ひと気のない空間を横目に公園沿いの道を進んでいくと、四宮大学の正門に到着した。

「よっ、七瀬さん。おはようさん」

　門の脇《わき》の守衛室から、顔馴染《かおなじ》みの男性警備員が声を掛けてくる。「おはようございます」と笑みを返し、舞衣は門を抜けた。

　半円形の広場を突っ切り、講堂の方へとまっすぐに歩いていく。講堂の手前を右に曲がり、八〇メートルほど歩いたところに事務棟《とう》はある。クリーム色をした三階建てのこの建物が、舞衣のホームグラウンドだ。

　短い階段を上がり、建物に入る。中は冷房《れいぼう》が効いていた。まるで、銃弾《じゅうだん》の飛び交う戦場から、安全な基地に生還《せいかん》したような気分だ。

　いったん化粧室《けしょうしつ》に入り、軽く汗のケアをしてから事務室に向かう。

　部屋の中には、すでに数人の同僚《どうりょう》の姿があった。彼らと挨拶《あいさつ》を交わしつつ、自分の席に座《すわ》る。

　持参した水筒の冷たい麦茶で喉《のど》を潤《うるお》し、舞衣は机の棚に並べたファイルを見上げた。

自身が担当する建物の管理記録。学内規則の改訂履歴《かいていりれき》と、今後の改正方針《ほうしん》をまとめた資料。学生からの相談案件《あんけん》についての記録。大学に寄せられた苦情の記録……。棚には、ジャンルの異なる資料が並んでいる。種類によってファイルの色を分けているのでカラフルだ。このカラフルさが、舞衣の所属する庶務課《しょむか》の業務《ぎょうむ》が多様であることを如実《にょじつ》に物語っている。

来る者拒《こば》まず——それが庶務課の方針だ。

相手が学生であれ大学職員であれ、相談があればどんなことでも対応を検討《けんとう》する。場合によっては、部外者からの依頼に応じて動くこともある。とにかく、大学にとってプラスになることであれば何でもやる、というのが庶務課のモットーだ。舞衣もその方針にのっとって仕事をするように心掛けている。

舞衣は椅子《いす》から腰を浮《う》かせ、棚の左端のファイルを手に取った。表紙には、〈来賓《らいひん》対応・特別版〉と書いたシールを貼《は》ってある。

例年、夏季休暇中は庶務課の仕事が少なくなる。学生や職員が不在《ふざい》なので当然だ。ただ、今年はいつもと事情が違った。数日おきに庶務課の全職員が集まって会議を開いたり、大学の他部署と頻繁《ひんぱん》に打ち合わせを行ったり、警備について何度も警察に相談したりした。

それらはすべて、特別なゲストを迎《むか》えるための下準備だった。

ゲストの名は、ユリヤ・レオン・ヴィルリイ王子。北欧《ほくおう》にあるマイセン王国という小さな国を治めるヴィルリイ家の王子だ。

ユリヤ王子は現国王の一人息子《むすこ》であり、将来は王になることが確実視されている。年齢は二十五歳《さい》とまだ若いが、超《ちょう》が付くほどのＶＩＰだと言っても過言ではないだろう。

それほど高貴な人物が、なぜ四宮大学の見学にやってくるのか。その理由は、彼の母親——つまり、王妃《おうひ》が四宮市出身の日本人だからだ。その縁《えん》で、マイセン王国の首都であるヴィルリーア市と四宮市は姉妹都市協定を結んでいる。

国王は二十年以上前から、およそ二年おきに来日し、四宮市長と面会をしてきた。実は二年前にも来日の予定があり、その際に四宮大を見学することが検討されていた。ところがその時は国王が虫垂炎《ちゅうすいえん》で入院し、来日計画自体がキャンセルされた。

去年にも来日が検討されたようだが、今度は王妃が急に倒れ、入院してしまったことで先送りになった。王妃は進行性の癌《がん》に冒《おか》されており、病《やまい》の発覚からわずか半年後に五十二歳の若さで亡くなっていた。

妻を失ったショックか、今も王は外遊を取り止《や》めているという。それで、今回は王子が代理で日本に足を運ぶことになったようだ。

ユリヤ王子が四宮大を見学に来るのは、来週の火曜日だ。入念に準備を進めてきたが、いかなるトラブルにも即座に対応できるように、より完璧な状態を目指《めざ》す必要がある。

残りの一週間でさらなるブラッシュアップを行っていくことになるだろう。

どこかに改善点はないだろうか。舞衣は資料を綴《と》じたファイルを開き、最初のページからじっくりと読み返し始めた。

集中して文章を目で追っていると、ふいに「おはようございます、七瀬さん」と声を掛けられた。

振《ふ》り返ると、すぐ後ろに一人の男性が立っていた。ティッシュペーパーのような白い肌と、クレヨンの人工的な青を連想させる、ひげ剃《そ》りの跡《あと》。そして、整髪料で固められた、不自然なほどにのっぺりした髪。違和感《いわかん》バリバリの風貌《ふうぼう》をしたこの人物の名は猫《ねこ》柳《やなぎ》という。庶務課のリーダーを務める、舞衣の上司《じょうし》だ。

「あ、おはようございます」と席を立ち、舞衣は猫柳と向き合った。

「熱心に資料を読み込んでいるようですね」

「はい。今までにない、重要な業務ですから」

「職員は皆、その認識でいるようです」と満足げに猫柳が事務室を見渡《みわた》す。「王子の大学見学が決まってからずっと、この部屋には緊張感《きんちょうかん》が漂《ただよ》っています」

「今週、警察と最終打ち合わせをする予定ですよね。警備の方はどうですか？」

「その件なら、マイセン王国側から連絡《れんらく》がありました。護衛は自分たちで手配するので、特に必要ないとのことでした」

「あ、そうなんですか」

「他国の人間に任せるより、自分たちで護衛する方が安全だと考えているのでしょう。警察の方には、大学周辺のパトロールをお願いすることにします」

その報告に、舞衣は安堵《あんど》した。ＶＩＰの護衛を手配したことなど一度もない。本職の人間に任せられるならそれに越したことはないだろう。

「じゃあ、あとは見学の件だけですね」

「それについても、ようやく見通しが立ちました」と猫柳。「先ほど、私のところに承《しょう》諾《だく》のメールが届きました」

「ホントですか！　ついに、という感じですね」

「ずいぶん悩《なや》まれたようです」

「……でも、急にどうされたんでしょう。正直なところ、断られると思っていたんですけどね」と舞衣は首をかしげた。

ユリヤ王子は四宮大を訪《おとず》れるに当たり、「化学系の研究室を見学したい」と希望していた。その要望を叶《かな》えるべく、舞衣たちはある研究室に候《こう》補《ほ》を絞《しぼ》って交渉《こうしょう》を行ってきた。先週までは「自分には荷が重い」と固辞《こじ》していたのだが、この土日で何らかの心変わりがあったようだ。

「心を決められたのであれば、とやかく言う必要はないでしょう。もう大学に来られているようです。お礼がてら、対応手順をまとめた資料を届けてもらえますか」

「分かりました」と舞衣は力強く頷いた。

猫柳の作った分厚《ぶあつ》い資料を受け取り、事務室をあとにする。

外は灼熱《しゃくねつ》だというのに、足取りが軽くなっているのが分かる。「彼」に会うのは久しぶりだ。

どんな反応をされるかは大体予想が付く。たぶん、笑顔で迎え入れられることはないだろう。それでも、会って直接お礼を言えるのは嬉《うれ》しかった。

彼の研究室を見学先に推薦《すいせん》したのは舞衣だ。小規模《しょうきぼ》な研究室ではあるが、学生のことを第一に考えた指導《しどう》方針は間違いなく他国に誇《ほこ》れるものだ。きっと、ユリヤ王子も満足してくれるだろう。

「あ、そうだ。手土産《てみやげ》を持って行こっと」

自分の思い付きに思わず頬が緩《ゆる》む。舞衣は財布を取りに事務室に駆《か》け戻った。

2

十分後。舞衣は生協のレジ袋とずしりと重い資料を持って、理学部一号館へとやってきた。

理学部一号館は築《ちく》五十年を超えており、四宮大学の建物の中でもかなり古い部類に入る。外壁《がいへき》は苔《こけ》で黒ずんでおり、長い時の流れを誇るかのように堂々と建っている。

階段を駆け上がり、自動ドアをくぐって中に入る。一応ここも全館空調になっているが、蒸《む》し暑さを感じる。おそらく、設定温度の二七℃より三℃は高いだろう。

冷房の効きが悪い理由は主に三つ。断熱性の低さ、機密性の低さ、そして、大型換気《かんき》装置《そうち》の存在だ。理学部一号館には化学実験を行っている部屋がいくつもあり、揮発《きはつ》した化学物質を吸い込まないように、常に換気装置を動かしている。建物内部の空気を排気《はいき》すると同時に外気を取り込むことで換気は行われる。冷気を捨《す》てて熱い空気を取り込んでいるのだから、室温が高くなるのは当然だ。

換気装置には吸気温度を調整できる機種もあるが、その分高額《こうがく》なので導入には至《いた》っていない。大学の予算を考えると、設備の一斉更新《いっせいこうしん》は現実的ではない。理学部一号館を建て替える際に検討することになるだろう。

果たしてそれはいつになるのか。自分が庶務課の職員として働いている間に議題に上るだろうか。そんなことを考えつつ、舞衣は階段で二階に上がった。

狭《せま》い、薄暗い、蒸し暑い。そんな負の三拍子が揃《そろ》った廊下を奥へと進んでいくと、〈先進化学研究室・教員室〉と書かれたドアが見えてくる。

ドアをノックすると、「どうぞ」と低い声で返事があった。

「おはようございます！」と、勢いよくドアを開ける。

部屋の主《ぬし》は窓際に立ち、手にした紙に目を落としていた。

横顔を見ると、彼の顔立ちの彫《ほ》りの深さや、睫毛《まつげ》の長さがよく分かる。バランスの整った、美しい顔だと舞衣は思っている。髪《かみ》は短く整えられているが、別に夏だからというわけではない。一年中、ほぼ同じ髪型だ。行きつけの理髪店で「いつもの」とオーダーしているのだろう。

彼の名は、沖野春彦《おきのはるひこ》。理学部化学科に籍《せき》を置く准《じゅん》教授であり、先進化学研究室のトップを務めている。

沖野は舞衣が入ってきても手元の紙から顔を上げようとしない。歓迎《かんげい》する気はまったくないようだ。

冷酷《れいこく》な態度だが、慣れているので気にはならなかった。舞衣はちょこちょこと沖野に近づくと、「熱心に何を読まれているんですか」と尋ねた。

「マイセン王国の王立科学研究所が発表した論文だ。論文を読めば、所属している研究者のレベルがある程度分かる」

「どうですか、読んでみた感想は」

「北欧の科学水準についてよく知らなかったんだが、やっていること自体は最先端の研究だな。応用ではなく、基礎《きそ》研究に力を入れているようだ。成果としては一見すると地味だが、そういうものを積み重ねることで、新たな理論を構築しようという意気込みが見て取れる。個人的には好印象だ」

沖野はやや早口にそう語った。サイエンスの話題になると、彼の舌は滑《なめ》らかになる。興味《きょうみ》のある分野については、自然と言葉が溢《あふ》れてくるのだろう。

「そういう理解を深めることで、王子との会話もやりやすくなるでしょうね。きちんと準備を進めていただけて何よりです。これ、どうぞ」

舞衣は微笑みながら、生協のレジ袋を差し出した。中身は沖野の好物のカレーパンだ。生協の棚に並んでいた五個すべてを買ってきた。

「別に、こんなものをもらう謂《いわ》れはないが」

「庶務課からではなく、私個人の差し入れです。なので気にしないでください」

「……ま、そういうことならありがたく受け取らせてもらう。で、その小脇に抱えている分厚いファイルは何だ？」

「これは、王子の来訪に備えて猫柳さんが作成したマニュアルです。何が起きても迅速《じんそく》かつ適切に対応できるよう、様々なシチュエーションが網羅《もうら》されています。こちらもお渡ししておきますね」

「目を通す約束はできないからな」と呟き、沖野はうんざりした様子で重いファイルを受け取った。

「改めてお礼を言わせてください。王子の見学を受け入れていただき、ありがとうございます」

そう言って、舞衣は沖野の顔を覗《のぞ》き込んだ。沖野の身長は一八〇センチを超えており、自然と見上げる形になる。

「なんだ」

「表情があまり優《すぐ》れないようですけど」

「当たり前だろう」と沖野がため息をつく。「重責を担《にな》わされるわけだからな」

「大変な役目をお願いしてしまって申し訳ありません。でも、私は沖野先生が一番適任だと確信しています。説明は的確ですし、誰を相手にしても冷静さを失わない心の強さがありますから。王子が相手でも、堂々と受け答えできるはずです」

「買いかぶりすぎじゃないのか」

「そんなことはありません！」と舞衣は言葉に力を込めた。

沖野と知り合って、二年と五カ月ほどが過ぎた。その間に、沖野と舞衣は様々なトラブルを解決してきた。基本的には舞衣が相談事を持ち込み、沖野が仕方なくそれに協力するという形ではあったが、解決できなかったことは一度もない。どんなに不可解な謎《なぞ》であっても、沖野はその広い科学知識を活用し、隠されていた真相《しんそう》を確実に見つけ出してきた。

舞衣はそんな沖野の姿を間近で見てきた。沖野は誰よりも聡明《そうめい》で、相手の気持ちを理解するだけの懐《ふところ》の深さがある。それは相手が王族でも変わらないと舞衣は確信していた。だから、見学先として沖野の研究室を推薦したのだった。

「……まあ、君が俺に期待していることは、充分すぎるほどに伝わってきた。その気持ちを裏切らないように、精一杯やるさ」

「ありがとうございます。それにしても、どうして急に見学を受け入れてくださったんですか。ずっと悩まれていたのに」

「正直、断ろうと思っていたんだ」と沖野はさばさばした口調で明かした。「ただ、ギリギリのところで、学生時代に聞いた恩師の言葉を思い出した」

「恩師というと、村雨《むらさめ》先生のことですか」

ああ、と沖野が頷く。沖野は、学生時代に村雨不動《ふどう》という研究者に師事していた。自身の名を冠《かん》した化学反応をいくつも開発しており、その功績でノーベル化学賞を受賞したほどの大化学者だ。

「あの人は、とにかく社交的なんだ。研究の時間を減らしてまで、人とのコミュニケーションを全力で楽しんでいた」

「へえ、そうなんですね」

「何かの飲み会の際に、『他人《たにん》との交流は研究の邪魔《じゃま》じゃないですか？』と質問した学生がいた。それに対する村雨先生の答えは、『自分の好きなことなら、誰かに自慢《じまん》したくなるだろう？』というものだった。そして、先生は続けてこう言った。『こちらが自慢すれば、相手も自慢してくる。一番いいものを見せ合うことで、自分の中に新しい視点が生まれる。そういう瞬間がたまらなく好きなんだ』とな」

「面白《おもしろ》い考え方ですね。科学者の方って、重要な研究はなるべく秘密にするんじゃないですか？」

「それは人によるな。研究の核《かく》になる概念《がいねん》をオープンにしている研究者もいる。村雨先生はそういう相手と積極的に絡《から》んでいたよ。競争相手ではなく、同じ趣味を持つ同志という認識だったんだろうな。いつでも楽しそうにしていた」

「素敵《すてき》な先生ですね」

「ああ。あんな風になりたいと昔から思っている。先生の言葉を思い出したところで、考えてみたんだ。もし村雨先生が俺の立場だったら、どうするだろうかと」

「王子の見学を受け入れるかどうかですか？　それは当然……」

「喜んで引き受けただろうな」と沖野が舞衣の言葉を引き継ぐ。「そう思ったから、『やります』と返事をしたんだ」

「素敵な師弟関係ですね」と舞衣は思ったことを率直《そっちょく》に口にした。「『村雨スピリット』が沖野先生に受け継がれているんですね」

「意識したことはなかったが、そうなのかもな」と沖野は肩をすくめた。

「王子の来日まで、あと一週間あります。お手伝いできることがあれば何でも言ってください」

「見学する部屋はウチの実験室で構わないのか？　もっと広くて新しい部屋で、デモ的な実験を行う方がいいんじゃないか」

「いえ、王子はありのままの『現場』を見たいと希望されています。普段通りの実験室を見ていただくのがいいと思います。ただし、護衛の方が付き添うと思うので、ある程度のスペースは空《あ》けてもらった方がありがたいです」

「了解した。嘘臭《うそくさ》くならない程度に片付けておくよ」

「よろしくお願いします。見学のタイムスケジュールは、近いうちに猫柳さんの方からメールで連絡があると思います」

「分かった。確認しておく」と頷き、「それにしても、何が目的なんだろうな」と沖野は首をかしげた。

「何のことですか？」

「見学の目的だよ。王子は何を学びたがっているんだ？　その辺の情報はないのか」

「特には」と舞衣は首を振った。「ただ、王子は四年制の大学を卒業されています。所属は理学部で、有機《ゆうき》化学を専攻していたみたいです。それで、日本の研究の現場に興味を持ったんじゃないでしょうか」

「なるほどな。それならやりやすい」

さっきまで神妙だった沖野の表情がぱっと明るくなる。相手が専門知識を持っていると分かって、気持ちが楽になったようだ。

沖野の変化を見て、舞衣は不思議と今回の見学の成功を確信した。はっきりした根拠《こんきょ》はないが、きっとうまくいくだろうという予感が生まれていた。

——やっぱり、沖野先生に頼んでよかった。

心の底からそう思った。

「……ん？　なにをニヤニヤしているんだ」

沖野が眉《まゆ》をひそめている。「なんでもありません」と舞衣は笑ってみせた。

3

九月十五日、火曜日。舞衣は午前九時五十分に大学の正門前広場にやってきた。

今日は曇《くも》りで、気温もそこまで上がってはいない。広場には、ほのかに秋の気配を感じさせる微風《びふう》が吹いていた。

広場には、庶務課の職員たちの他にも、十数名の大学関係者の姿がある。門に一番近い位置に並んでいるのは、学長や副学長、各学部の学部長たちだ。全員が一様に緊張した面持《おもも》ちで整列している。

「そろそろだな」

舞衣の隣で沖野が囁《ささや》く。ユリヤ王子の到着予定時刻が近づいている。

王子は昨日の午後遅くに来日し、国際空港近くのホテルで一泊《いっぱく》したという。ちなみにホテルから大学までは、車でおよそ一時間の距離だ。

辺りに学生の姿は見当たらない。この時間帯は裏門か大学病院側の通用口を利用するように、という規制が掛かっているからだ。

広場は静まり返っている。一秒ごとに、広場に漂う緊張感がその濃度《のうど》を増していくようだった。

準備は完璧、準備は完璧……。

緊張の波に飲み込まれないよう、舞衣は心の中で自分を鼓舞《こぶ》しながらじっと門の方を見つめ続けた。

息を詰めて待っていると、門の近くにいた人々から微《かす》かなざわめきが伝わってきた。数秒遅れて、開かれた門の向こうに黒塗《くろぬ》りの車が現れた。やってきた車は一台だけだった。あれに王子が乗っているのだ。舞衣は唾《つば》を飲み込んだ。

車はそろそろと門を抜け、大学の敷地に入ってきた。緊急車両を除き、基本的に正門は車両通行禁止だ。いつもと違う光景に、舞衣は夢の世界に迷い込んだような錯覚《さっかく》を感じた。

ちらりと隣を窺《うかが》う。沖野は王子を乗せた車をまっすぐに見ていた。今日の彼は長袖《ながそで》の白のワイシャツと黒のスラックス、それにグレーのネクタイという服装だ。

車が広場の中ほどに停車し、運転席から黒いスーツに身を包んだ女性が降りた。

彼女の顔を見て、舞衣は「あれっ」と呟いた。その顔立ちが、明らかに日本人のそれだったからだ。目元がきりっとしていて、凜《りん》とした雰囲気《ふんいき》がある。表情は真剣《しんけん》で、周囲に向ける視線《しせん》に警戒心を漂わせていた。

彼女は車の反対側に回り込むと、丁寧《ていねい》な所作《しょさ》で後部座席のドアを開けた。

ゆっくりと、男性が車を降りる。

彼の顔は、インターネットに上がっている画像で知っていた。それでも、実物を目にした瞬間、自然と吐息《といき》が漏れた。

出迎えた人々に向ける、慈愛《じあい》に満ちた眼差《まなざ》し。ゆったりとした所作はまるで舞踊《ぶよう》のようだ。髪は美しい金色をしている。身長は、公称では一七五センチだが、それより高く見える。手足が長いのに顔が小さいからだろう。感嘆《かんたん》の吐息を漏らしてしまうほど、グレーのスーツが似合っている。

日本人の血を引いているが、風貌は西洋人の特徴《とくちょう》の方が強く出ている。左右のバランスが完璧に整っている一方、二十五歳の割にはどこか幼《おさな》さも感じられ、少年のような雰囲気がある。思わず守りたくなるような、優しい顔立ちだった。

「……住む世界が違う、って印象だな」と沖野がぽつりと言う。

「ですね。別に自分を卑下《ひげ》するつもりはないですけど、格の違いを感じます。どこからどう見てもあの方は『王子様』ですよ」

ユリヤ王子は大学のお偉方《えらがた》と順に言葉を交わしている。その傍《かたわ》らには、さっきの女性の姿がある。お付きの人間は他にはいない。彼女だけだ。

と、そこでユリヤ王子がこちらを向いた。

舞衣と目が合うと、王子は柔《やわ》らかく微笑んだ。鼓動《こどう》が速くなり、一気に顔が熱くなるのを舞衣ははっきりと感じた。

お付きの女性と言葉を交わすと、王子は舞衣たちの方に歩み寄ってきた。距離が近づくにつれ、どんどん心拍数が上がっていく。

「……大丈夫か？　顔が赤いぞ」と沖野が囁く。

「だ、大丈夫です」と舞衣はぎこちなく頷いてみせた。

そうこうしているうちに、王子との距離は二メートルを切っていた。彼は沖野の目の前で足を止めると、「初めまして。ユリヤ・レオン・ヴィルリイと申します」と、流暢《りゅうちょう》な日本語で挨拶した。

沖野はためらう素振《そぶ》りも見せずに、ユリヤ王子の差し出した手を握《にぎ》り返した。

「お目に掛かれて光栄です。沖野春彦です」

「大学の方から伺《うかが》いました。見学を受け入れてくれたことに感謝します」

「恐縮《きょうしゅく》です。狭いところですが、自由にご覧《らん》いただければと思います」と微笑み、沖野は握っていた手をそっと放した。「とても日本語がお上手ですね」

「私の母は日本人です。父とは我が国の公用語であるマイセン語で、母とは日本語で話していました。ですから、遠慮《えんりょ》なく日本語で話し掛けてください」

「そうでしたか。科学関連の用語もお分かりでしょうか」

「ええ、問題ありません。専門的なことを伺えるのを楽しみにしています」ユリヤ王子はにっこりと笑って、舞衣の方に視線を向けた。「こちらの方は?」

「え、あ、すみません、申し遅れました。庶務課の七瀬と申します。研究室見学の際に、お手伝いを務めさせていただきます。何なりとお申し付けください」

「ええ。どうぞよろしくお願いいたします」

ユリヤ王子が微笑みながら手を差し出す。

「よ、よろしくお願いいたします!」

舞衣は自分の服で手のひらを拭《ぬぐ》い、王子と握手《あくしゅ》を交わした。彼の手は温かく、そしてハッとするほど柔らかかった。

「私の名前を考えたのは母です。百合《ゆり》の花が好きだったので、『ユリヤ』と名付けたのだそうです。マイセンの現地の発音だと、『ユーリア』になってしまいますが、日本だと本来の音で呼んでもらえるので嬉しいです」

「そうなんですか。とても素敵なお名前だと思います」

「ありがとうございます。多華子のことを紹介させてください」と、王子が傍らにいた女性に手のひらを向けた。「彼女は私の護衛を務めています。研究室見学にも同行させます」

女性はすっと前に出ると、丁寧なお辞儀《じぎ》をした。

「多華子・ポヴィリョニエネです。よろしくお願いいたします」

「彼女も父親がマイセン人、母親が日本人で、私と同じように幼い頃から日本語に触《ふ》れてきました。会話には何の問題もありません」

「他に、同行する護衛の方はいらっしゃいますか」と沖野が尋ねる。「実験室は狭いので、中に入れる人数には限界があるのですが」

「それならご心配には及びません。彼女だけです」と王子がどこか誇らしげに説明する。

「護衛を何人も連れ歩くのは好きではありません。本当に信頼できる人間が一人いれば、それで充分だと私は考えています」

「そうですか。承知いたしました」

「では、さっそく参りましょうか」

「え、よろしいんですか」

舞衣は門の前で待機している学長たちに目を向けた。予定では、先に学長と面会することになっている。

「学長とお話しするのは、見学後にしてもらいました」と王子が言う。「こちらに足を運んだ目的は、研究室の見学です。先に目的を果たしてからの方が、落ち着いて話ができますから」

「ごもっともです。ではそのようにいたしましょう」と沖野が頷く。「七瀬くん。案内を頼む」

「えっと、分かりました。ではこちらへ……」

急な予定変更に戸惑いつつ、舞衣は王子たちを先導する形で歩き出した。

「来日前に、沖野先生の論文すべてに目を通しました」後ろから、王子の話す声が聞こえてきた。「研究水準について正しく判断できるほどの知識はありませんが、実験結果に対する先生の考察の鋭《するど》さ、的確さには感心しました」

「お褒《ほ》めに与《あずか》り光栄に存じます」と沖野が神妙に言う。

「マイセン王国は小さな国です。歴史《れきし》は長く、かつては北部ヨーロッパの大半を支配するほどの国力を誇った時代もありました。しかし、他国の侵略《しんりゃく》や独立《どくりつ》運動により、国土は最盛期《さいせいき》の十分の一以下まで縮小してしまいました。それでも建国からのおよそ千年間、一度も他国に占領《せんりょう》されることはありませんでした。あまたの強国の攻勢にも屈《くっ》しなかったのは、独自の科学技術のお陰だと考えています。我が国の生命線は科学なのです。科学の力で他国と戦い、生き残っていく。そういう方針を掲《かか》げています。日本も似たようなところがあるのではないですか」

「そうですね。技術が国家を支えていると思います」

「科学の発展は、これからもずっと、マイセン王国の目標であり続けるでしょう。だから私は、日本の科学研究の現場を見たかったのです」

王子の声の響きには、目を閉じてずっと耳を傾《かたむ》けたくなるような魅力《みりょく》があった。為《い》政者《せいしゃ》となる宿命を理解し、後天的に身につけたものなのか。それとも王族の遺伝子《いでんし》のなせる業《わざ》なのか。どちらにせよ、彼の言葉は間違いなく国民の心に届くだろう。

それにしても、王子の日本語の語彙《ごい》力は相当なものだ。「最盛期」とか、「強国」とか、長く日本に住んでいる外国人でも知らなさそうな単語がぽんぽんと飛び出してくる。亡くなった王妃と、知的レベルの高い話題について言葉を交わしていたようだ。

王子と沖野の会話を聞きながら構内をしばらく歩いていくと、理学部一号館が見えてきた。

階段を上がり、職員証《しょう》で自動ドアのロックを解除する。

自動ドアが開いたところで、一番後ろにいた多華子が「失礼」と舞衣を追い越して中に入っていく。彼女はロビーを素早く見回し、無言でまた王子の後ろに戻った。安全を確認したのだろう。

彼女の身のこなしに、舞衣は高い運動センスを感じ取った。仕草すべてに達人の雰囲気が漂っている。迷いや無駄がないのだ。さすがに一人で王子の護衛を務めるだけのことはある。

「実験室は二階です」と伝え、舞衣はエレベーターのボタンを押した。

「それくらいなら歩いていきますよ」とユリヤ王子が階段の方に目を向ける。彼がそれを望むのなら異論はない。狭いエレベーターを使わせる方がむしろ失礼だ。舞衣は「では」と言って、先頭に立って階段を上がっていった。

狭い廊下を一列で進み、実験室に案内する。

「へえ、こういう感じなのですか」

実験室の出入口で足を止め、王子は興味深そうに呟いた。

設備管理の関係で学内の様々な実験室を見てきたが、沖野のところは整頓《せいとん》されている方だと思われる。建物が古いので天井《てんじょう》や床には消せない汚《よご》れが付着しているが、実験台の周辺や、ドラフトと呼ばれる換気装置付きの作業台の中はきちんと片付いている。もちろん王子の来訪に合わせて掃除をしたのだろうが、普段とそこまで差はない。

「殿下はマイセン王国の王立大学をご卒業されたそうですね。そちらの実験室と比較した印象はいかがでしょう」と沖野が尋ねる。

「正直に言えば、私がいた実験室の方が設備は新しいですね。ですが、私はこの場所から生み出された成果を知っています。だからこそ、感動があります。この場所こそが、『環境《かんきょう》が研究の限界を決めるわけではない』という証明になっています」

「……とはいえ、新しい方が効率がいいのは間違いないところですが」と沖野が苦笑する。「なんとか工夫しながらやっています」

「それはつまり、効率が悪いがゆえに着手できない研究もあるということですか」

そう質問するユリヤ王子の瞳《ひとみ》は輝《かがや》いているように見えた。沖野の返答に関心を持ったようだ。

「ないとは言えませんね。研究テーマのストックの中には、設備的な問題で長年温め続けているものもあります。しかし、それは必ずしもマイナスとは考えていません。現状に合った研究テーマを選ぶことも、指導員としての成長に必要なことでしょうから」

「素晴らしい考え方です。ただ、教育者としては正しい姿勢《しせい》であっても、研究者として見た場合はどうでしょうか。利己的になったとしても、最善の結果を求めて、より環境のいい場所を模索《もさく》するものではありませんか？」

「……それは人によるとしか言いようがないですね」と沖野はため息をついた。「申し訳ありません、曖昧《あいまい》な返答で」

「いえ。答えにくい質問をしたのは私です。失礼しました」

ユリヤ王子は微笑んで、「沖野先生は、とても頭の回転が速いですね」と言った。「差し支《つか》えなければ、あとでお時間をいただけませんか。腰を落ち着けて話ができればと思うのですが」

「私の方に異存はありません。七瀬くん、スケジュールはどうだ？」

「そういうことなら、こちらで調整します」と舞衣は言った。学長たちをさらに待たせることにはなるが、予定よりもゲストの気持ちを一番に考えるのが当然だ。

「ありがとうございます。わがままばかりで申し訳ありません」

ユリヤ王子は舞衣の目をまっすぐに見つめながら、わずかに眉根を寄せた。その悩ましげな表情に、ドキッと心臓《しんぞう》が反応する。

このまま見つめられると、動揺《どうよう》が顔に出てしまいそうだった。舞衣は慌《あわ》てて王子に背を向け、「確認して参ります」と実験室をあとにした。

4

その日の正午過ぎ。舞衣は沖野からの呼び出しを受け、再び理学部一号館へとやってきた。

　小走りに二階に上がり、沖野の部屋のドアをノックする。

「失礼しまーす」とドアを開ける。昼休み中は節電のために消灯することになっているが、ブラインドの隙間《すきま》から差し込む光で室内は明るい。

　沖野は来客用のソファーに深く腰掛け、険《けわ》しい表情で足を組んでいた。その悩ましげな顔つきで、彼が難題を抱えてしまったことを舞衣は察した。

　舞衣は口元を引き締《し》め、「折り入って相談があるとのことでしたが」と声を掛けた。

「まあ、座ってくれ」

「珍《めずら》しいですね、こうしてお部屋に呼んでいただけるのは」

「なんだかんだで、ここが一番秘密の話に適していると思っただけだ」と沖野はにこりともせずに言う。

「他人に聞かせられない話なんですね。どういった内容ですか」

「……実験室の見学のあと、ここでユリヤ王子と話をしたんだ。最初のうちは、研究関連の話題だったんだが……いきなり、とんでもないことを頼まれてしまった」

「ちょっと、先生。クイズじゃないんですから、気を持たせるような話し方はやめてください。ズバッとお願いします、ズバッと」

「その様子じゃ、何も知らないみたいだな」沖野は深いため息をつき、組んでいた足をほどいた。「四宮大学で研究活動をやりたい——王子はそうおっしゃったんだ」

「はい？」

　まったく予期していなかった言葉に、理解が追い付かない。舞衣は指でこめかみを揉《も》みつつ、「……詳しい説明をお願いします」と言った。

「今日の見学で、使命感にも似た強い研究意欲が芽生《めば》えたんだそうだ。挑戦《ちょうせん》したいと思っていた研究テーマがあるという話だった。それで、俺のところで研究をさせてほしい、と頼まれた」

「……それ、単なる社交辞令的なやつでは」

「そのくらいのことは、俺も思いつく。きちんと確認したさ。王子が日本語の使い方を誤《あやま》っておられる可能性まで考えた。だが、何の勘違《かんちが》いも間違いもなかった。王子は本気だよ」

「開始時期はいつですか？」

「なるべく早い方がいいそうだ。明日からでも、と言われた」

「そりゃまた急ですね……」と舞衣は絶句した。

「すまないな、無理難題を言っていることは分かっているんだが」

「いえ、相談していただけてよかったです。こういうのも、庶務課の担当だと思いますから」と舞衣は強引に微笑んでみせた。「ちなみに研究っていうのは、どのくらいの期間を想定されているんですか」

「ひと月以上にはなるだろうとおっしゃった。一定の成果が出るまでは続けたいと考えておられるようだ」

「でも、どうしてウチの大学なんでしょうね」と舞衣は首をひねった。「やる気が芽生えたのなら、マイセン王国に戻ってから頑張ればいいと思うんです。設備だって、向こうの方が充実しているって話ですし。四宮での滞在を熱望するほど、沖野先生に惚《ほ》れ込んだんでしょうか」

「……まあ、王子の心情について議論しても仕方ない」沖野が渋い顔で腕を組んだ。「問題は、王子の望みを叶えることができるかどうかだ。君の見解を聞きたい」

「うーん。大学の方針として、留学生を積極的に受け入れることにはなっています。制度的には可能でしょうけど、一般的な留学生と同じ扱いはできないですからね……」

「もし本当に王子が本気なら、大学側が難色を示してもあまり意味はないだろう。あらゆる手段を尽《つ》くして、目的を実行しようとするはずだ。だから、今の段階から受け入れに向けた具体的な対策《たいさく》を考えた方がいい」

沖野の言い分はもっともだ。断り方を考えるよりも、どうすれば受け入れられるかを考える方がずっと建設的だろう。

「実験設備の方はどうですか？」

「理学部一号館内に、今は誰も使っていない予備の実験室がある。広くはないが、他の人間の出入りはない。そこがベストだろう」

「なるほど。専用部屋にしてしまうわけですね。沖野先生が付きっきりで指導するんですか？」

「その必要はない、と本人はおっしゃっている。ブランクはあっても、実験の腕前は錆《さ》びついていないと豪語《ごうご》されていた。毒物を扱ったり、爆発の危険がある反応を行ったりする場合はそばにいるが、それ以外の時は自由にやっていただくのがいいだろう」

「先生の中ではシミュレーションができているみたいですね」

「当然だろう。昼飯も食べずにそのことを考えていたんだ」と沖野が肩を揉む。「王子のやる気を引き出してしまった責任があるからな」

「それに対して『責任』という表現を使うのは違うんじゃないですか」と舞衣はすかさず指摘《してき》した。「沖野先生は自分の役目を果たしただけです」

「それはそうなんだが……」

「私個人の感想としては、沖野先生が王子から高く評価されたことを誇らしく思います。先生を見学の担当に推薦した私の目は間違っていませんでした。さすがはミス……」

舞衣はそこで慌てて口を噤《つぐ》んだ。

沖野の祖父《そふ》は「キュリー」という名のフランス人で、そのことから一部では「Mr.

キュリー」というニックネームで呼ばれている。偉大《いだい》な科学者であるキュリー夫人にちなんだ名ではあるが、沖野自身はそう呼ばれることを嫌《きら》っている。

舞衣の様子を見て、沖野が嘆息《たんそく》した。

「おいおい。頼むから王子に余計なことを吹き込まないでくれよ」

「分かっています。今のは油断しただけですから。というか、王子はすでに例のニックネームをご存じなのかもしれませんよ。来日前にそれを聞いて、沖野先生に強い興味を持ったのかも」

「嫌なことを言わないでくれ」と沖野が眉間《みけん》にしわを浮かべる。「それじゃあ、呼ばれたくもないあだ名が世界に広まってるってことじゃないか」

「ついつい口にしたくなるんですよね」と笑って、舞衣はソファーから立ち上がった。

「とにかく、ご相談の内容は把握《はあく》しました。急いで猫柳さんに報告して、今後の対応をしっかり考えます」

一礼して教員室を出ると、舞衣は廊下の先に目を向けた。

もし、本当に王子が四宮大で実験をするようになったら……。

その光景を具体的に思い描くのは難しかった。ただ、想像《そうぞう》しようとすると心拍数が上がっていくのが分かった。

それが不安によるものなのか、それとも期待によるものなのか。

その問いに答えを出すことなく、舞衣はその場を離れた。

5

九月十八日。沖野は予備実験室の様子を確認に来ていた。

部屋の広さはおよそ三〇平方メートル。出入口は一箇所だけで、奥側の壁《かべ》は一面がドラフトになっている。化学反応や精製作業はすべてこの中で行う決まりだ。

すでに片付けや掃除は完了している。部屋の左手の窓際に事務机があり、右手の長方形の台には、高速液体クロマトグラフと呼ばれる分析《ぶんせき》装置が設置してある。部屋の中央には試薬を測定する電子天秤《てんびん》と、実験に使う消耗品《しょうもうひん》を収めたケースを置いた。

この部屋は理学部全体で管理されているもので、実験室が手狭になった際の臨時作業スペースという扱いだ。ただ、この二年ほどはずっと空き部屋のままだ。多くの学生は、単なる物置として認識しているだろう。また、廊下の奥まった場所にあるため、用事がない限り近づくこともない。王子が人目に晒《さら》されることはないはずだ。

時刻はまもなく午前十時になる。そろそろ、王子が現れる頃だ。

沖野のもとで研究をやりたい――ユリヤ王子がそう言い出してから、まだ三日しか経っていない。そのわずかな時間のうちに、四宮大学は「王子を受け入れる」という判断を下していた。

どういう経緯《けいい》でその結論に至ったのか、沖野は把握していない。おそらくは、断るという選択肢を潰《つぶ》すような力が働いたのだろう。

受け入れという結果が出ることは予想していた。ただ、思っていたよりかなり早いなというのが沖野の印象だった。研究に懸ける王子の意気込みがそれだけ強いという証《しょう》拠《こ》だろうか。

王子の見学の日以来、沖野はずっと違和感を抱き続けている。何もかもがとんとん拍子に進みすぎている気がするのだ。

その違和感を説明できる仮説はある。ただ、それを王子や取り巻きの人間にぶつけるべきかどうか、沖野は答えを出せずにいた。指摘が正しかったとして、それで状況が変わるとは思えないからだ。

歯車は動き出している。そして、沖野もその一部に組み込まれている。動きを止めるすべはない。今は王子の気の済むようにやってもらうしかなさそうだ。

ふっと息をついた時、ドアがノックされる音が聞こえた。

「……来たか」

振り返り、ドアを開く。廊下にユリヤ王子と、護衛の女性——多華子・ポヴィリョニエネの姿があった。

「おはようございます、殿下」と沖野は一礼した。

「沖野先生、おはようございます。本日からよろしくお願いいたします」と王子がにこやかに言う。気負ったところはまるで感じられない。前回の訪問時と変わらず、泰然《たいぜん》としている。

「実験の準備は完了しております。備品は大学のものをご自由にお使いください。必要なものがあればこちらで調達いたします。白衣も用意いたしましたが……」

この前はスーツ姿だったが、今日の王子はTシャツとジーンズというラフな格好《かっこう》だ。多華子が黒いスーツのままなので、並んでいるとアンバランスに感じる。

「せっかくのご厚意《こうい》ですが、白衣はこちらで準備しております」と多華子が落ち着いた声で言う。

「ああ、そうでしたか。実験を始めるに当たり、いくつか確認したいことがございます。私の部屋で話をしたいと思うのですが、いかがでしょうか」

「私はここでいいですよ」とユリヤ王子が室内を見回す。「まだドラフトが動いていないので静かですし、椅子もあります」

「では、そういたしましょう」

沖野が動くより先に、実験台のところにあった椅子を多華子が持ってきた。王子が座るのを待ち、沖野は「失礼します」と腰を下ろした。多華子は立ったままだ。会話に参加するつもりはないのだろう。

「研究の話の前に、いくつかお伝えすることがございます。まず、王子のご身分のことですが、大学内では『特別留学生』という扱いにさせていただきました。マイセン王国の王子であることは伏《ふ》せています。その方が大学に通いやすいという判断です。王子のお写真は新聞やインターネットなどに公開されていますが、四宮市を訪れていることは公《おおやけ》にはされていません。学生や職員が気づく可能性は低いと思われます」

「ありがとうございます。心遣《こころづか》いに感謝いたします」

「実験はお一人でされるのでしょうか」

沖野はちらりと多華子に目を向けた。多華子は直立不動で、「私もこの部屋におります。化学を専門的に学んだ経験はありませんが、雑用係として、簡単《かんたん》な作業を手伝うこともあると思います」と答えた。

「そうですか。スーツは目立ちますし、実験室を利用する人間は皆、汚れても構わない格好を選びます。ですから、着替えをお勧《すす》めします」

「分かりました。このあとすぐに対応します」

「沖野先生。彼女のことは、ファーストネームで呼んで結構ですよ」と王子が言う。

「ポヴィリョニエネという名前は、発音が難しいでしょう」

確かに舌を嚙《か》みそうになる。「では、お言葉に甘《あま》えて」と頷きつつ、彼女の名を呼ぶことは避《さ》けようと沖野は思った。女性の名前を口にするのは若干《じゃっかん》の抵抗《ていこう》がある。

沖野は居住まいを正し、「研究活動についての話をさせてください」と切り出した。

「まず、実験室を利用する時間帯です。設備としては、二十四時間利用可能ではあります。ただ、私の研究室では過剰《かじょう》な労働を防《ふせ》ぐため、一日の実験時間を十二時間に制限しています」

「それならば、その規則に合わせます」

「ご協力に感謝いたします。それで、肝心《かんじん》の研究内容についてなのですが……取り組みたいテーマがあるとおっしゃっていましたが」

「ええ。実は、この地に関係のあるものなのです」ユリヤ王子は実験室の窓にちらりと視線を送り、また沖野の方に目を戻した。「この植物をご存じでしょうか」

すかさず、王子のそばに控《ひか》えていた多華子がタブレット端末《たんまつ》を差し出す。画面には、楕円形《だえんけい》の葉をした植物が映っている。

「初めて見ました。有名なものなのでしょうか」

「いえ、大半の人は知らないと思います」と王子は首を振った。「この植物の名前は、アグライア・シノミエンサスといいます。分類はセンダン科で、樹高《じゅこう》は一メートルほどです。不定期に咲く小さな黄色い花は、オレンジによく似た匂《にお》いがするそうです。この植物は、この四宮市で初めて発見されたのです」

「ああ、それで、『シノミエンサス』という学名が付けられたのですね」

四宮市は、不思議と新種の動植物が発見されることが多いという。遥《はる》か昔の時代に島だったとか、気流の関係であちこちから飛んできた種が集まりやすいとか、様々な仮説が提唱《ていしょう》されているようだが、その理由についてはよく分かっていない。

以前にも、四宮市の山中にだけ自生しているイチイの一種から、トーリタキセルAという物質が発見されたことがあった。その物質に絡んで起きた一連の出来事を思い出し、沖野は懐《なつ》かしい気持ちになった。

「アグライアは日本語では樹蘭《じゅらん》と呼ばれ、有用な薬効成分を産生《さんせい》するものがあることが知られています。アグライア・シノミエンサスからは、癌細胞《がんさいぼう》の増殖《ぞうしょく》を防ぐ物質が見つかっています。名前は、リュナグラミドBといいます」

ユリヤ王子はすらすらと説明し、多華子からタブレット端末を受け取った。描画アプリを立ち上げ、そこに指を走らせる。描かれたのは、六・五・五の三つの環《かん》が繋がった構造式だった。環を構成する炭素《たんそ》原子の多くに、置換基《ちかんき》と呼ばれる別のパーツが結合している。かなり複雑な構造だ。

このような、自然界から取れる化学物質は「天然物《てんねんぶつ》」と呼ばれ、古くから有機化学の主要なテーマとして研究されてきた。研究者たちは特に、天然物の人工的な合成方法を編み出すこと——全合成《ぜんごうせい》に心血を注《そそ》いでいる。

「沖野先生は、かつて東理《とうり》大学におられたそうですね」

「ええ、四年前までは」

「あちらでは、天然物の合成研究に取り組まれていたのでしょう」

「そうですね。そちら方面の研究に力を入れている研究室におりましたので」

「私も、全合成に挑戦したいと思っています」王子は沖野の顔をまっすぐに見つめながら、堂々と言った。「リュナグラミドBの合成研究に取り組みたいのです」

　話の流れから、ユリヤ王子がそう言うことは予想がついていた。

「他に、この化合物の全合成研究をやっている研究者はいないのでしょうか」

「私の把握している限りでは、いません。リュナグラミドBの構造が決定されたのは三年前ですが、合成に関する論文はまだ出ていません」

「誰もやっていないから、この物質をお選びになったのでしょうか」

「それもありますが、効果の高さにも着目しています。アグライア・シノミエンサスが自生する地域では、昔からその葉を煎《せん》じて薬として飲んでいたそうです。『万病に効く薬』として重宝《ちょうほう》されていたようです」

　王子はそう語り、ふっと吐息をついた。

「私の母は、乳癌《にゅうがん》で命を落としました。腫瘍《しゅよう》が発見されてから、我が国の持てる力を注ぎ込んで治療《ちりょう》に当たりました。効果が高いとされている薬剤も試《ため》しましたが、病の進行を止めることはできませんでした」

王子の隣で、多華子が悲しそうな表情を浮かべている。当時のことを思い出しているのだろう。

「先日も触れましたが、マイセン王国の繁栄には科学の力が欠かせません。しかしながら、我が国には世界的規模の製薬企業はありません。創薬《そうやく》の技術は、今後の大きな課題だと考えています。私は、王立の創薬研究所を創設する計画を立てています。その基盤《きばん》作りの一環《いっかん》として、沖野先生のもとで化学合成の技術を磨《みが》きたいのです」

決意みなぎる王子の宣言に、沖野は驚かされた。

「殿下は自ら研究の現場に携《たずさ》わるおつもりなのですか」

そう尋ねると、ユリヤ王子は多華子の顔を見上げた。一秒ほど彼女と目を合わせ、王子は再び沖野に向き直った。

「時間の許す限りはそうしたいと考えています」

王子の言わんとすることを、沖野は理解した。彼はいずれ王になる。時間の許す限りというのは、それまでの間という意味だ。

「殿下のお気持ちはよく分かりました。微力ながら、私にできる範囲で精一杯お手伝いいたします」と沖野は約束した。

「ありがとうございます。では、さっそく合成ルートについて相談させてください。市販の原料から目的物に至るまでの手順について考えましたので、意見を伺えればと思います」

王子は分析装置に繋がったプリンターから白紙の用紙を一枚抜き取ると、そこに合成ルートを書き始めた。すべての段階の構造式が完全に頭の中に入っているらしく、ボールペンを動かす手に迷いがない。それだけ、入念に準備をしてきたということだろう。その真剣な横顔は、間違いなく難問に挑《いど》もうとする科学者のそれだった。

……どうやら、王子は本気で全合成に取り組むつもりらしい。

今日、こうして話を聞くまでは、単なる気まぐれだろうと思っていた。ちょっとした好奇心から「大学で研究をやりたい」と言い出したのではと疑っていた。

だが、それは完全に間違いだった。ユリヤ王子は科学立国という目標に向けて突き進もうとしている。

真剣な想いには、真剣に応えなければならないだろう。

日本とマイセンの友好のためではない。一人の科学者として、王子を手助けしたいと沖野は思った。

「……そうですか。分かりました。連絡ありがとうございました。引き続きよろしくお願いいたします」

6

舞衣は沖野との通話を終え、受話器を置いた。

通話の内容は、ユリヤ王子の様子についての報告だった。

王子が沖野のもとで研究活動をスタートさせて、今日でちょうど一週間になる。沖野の話によれば、王子は毎日午前九時ちょうどに大学にやってきて、午後七時まで実験室に籠《こも》っているのだという。その間はずっと実験に没頭《ぼっとう》しており、外に出るのは沖野と話をする時か、トイレの時だけらしい。食事は信用のおける店からテイクアウトしたものを沖野の部屋で食べているとのことだった。

沖野以外の人間との接触を避けているのは、身分を隠すためだ。ただ、そのことを考慮しても、王子のストイックさには頭が下がる。沖野曰《いわ》く、「理学部の中には、王子ほど熱心に実験をしている学生はいないのでは」という話だった。

王子は抗癌剤《こうがんざい》の合成に挑戦しているという。その話を聞き、舞衣は懐かしさを覚えた。二年前、当時小学五年生だった男の子が大学にやってきたことがあった。彼は、癌に冒された飼い犬を助けるために、沖野と共に犬用の抗癌剤の合成に挑戦した。結果的に合成には失敗してしまったのだが、沖野は機転を利かせて抗癌剤を入手していた。

　それを使って治療に当たった結果、腫瘍はレントゲンで見えなくなるほど縮小した。余命わずかと医師に宣告されていたが、男の子の飼い犬は完全に回復し、今も元気に暮らしているそうだ。

　王子にもきっと、病に苦しむ人を助けたいという想いがあるのだろう。沖野の話によれば、今のところ研究は順調に進んでいるようだ。

　ひとつ息をつき、舞衣は持参した水筒の麦茶を飲んだ。

　時刻は午前十時を回ったところだ。事務室は静かだった。同僚たちは黙々と自分の仕事に集中しているようだ。先週まではユリヤ王子の来訪への対応で緊張感が漂っていたが、今は完全に消えている。

　ユリヤ王子が理学部一号館で実験に勤《いそ》しんでいることは、大半の職員には伝えられていない。庶務課でそれを把握しているのは猫柳と舞衣だけだった。その方が安全管理がやりやすいだろうという判断だ。

　大事な秘密を抱えているという小さな優越感はある。ただ、基本的に舞衣が王子の世話に関わることはない。王子のことはいったん忘れて、いつも通りの業務に戻らなければならない。

気持ちを切り替えるようにもう一口麦茶を飲んだところで、内線電話が鳴り始めた。また沖野からだろうか。

水筒の蓋《ふた》を閉め、受話器を取り上げる。

「はい。庶務課です」

「――おや、その声は、ひょっとして七瀬さんかな」

穏《おだ》やかな声には聞き覚えがあった。

「はい、そうです。浦賀《うらが》先生でいらっしゃいますか」と舞衣は言った。

「ああ。覚えていてくれたんだねえ」

「もちろんです」と舞衣は頷いた。浦賀は農学部の教授で、四半世紀にわたって四宮大学に勤め続けているベテランだ。人為的に遺伝子改変を加えた植物を作製し、そこから有用な物質を見つけ出すという研究を行っている。

浦賀と初めて顔を合わせたのは、もう二年半も前になる。舞衣が四宮大の職員になった直後のことだ。その時に関わったトラブルに取り組む中で、舞衣は沖野と共に行動するようになった。埋蔵金《まいぞうきん》の暗号という興味深い謎と共に、浦賀のことは強く印象に残っていた。

「ちょうどよかったよ。他の職員が出たら、七瀬さんを呼び出してもらうつもりだったからね」

「どうされたのですか」

「……うん、昨日の午後九時頃に、ウチの分析実験室に無断で立ち入った人間がいたようなんだ」と浦賀は沈《しず》んだ声で明かした。

「被害《ひがい》はあったのでしょうか」

「いや、大したことはないよ。実験器具の配置が変わっていたのと、分析機器の電源が入れられていた程度だ。そこは測定のための部屋で、普段は施錠していないんだ。だから、そもそも研究の貴重なデータや高額な試薬は置いていないよ。ただ、やっぱり気味が悪いからね。それで連絡させてもらったんだ」

「それは確かに気になりますね。侵入者についての情報はありますか？」

「部屋は無人だったから目撃者《もくげきしゃ》はいないんだがね。事務に話をして、農学部本館の入館記録を確認してもらったよ。一人だけ、農学部の関係者ではない入館者がいた。経済学部の二年生だそうだ」

研究関連施設《しせつ》のある建物の出入口にはオートロック機能があり、入館時には学生証か職員証をカード読み取り部にかざしてロックを解除する必要がある。その際に、自動的に入館者の情報が記録される仕組みになっている。

「経済学部ですか。それは確かに違和感がありますね。名前を伺ってもよろしいでしょうか」

「記録によると、入江徳宏《いりえとくひろ》という男子学生らしい。彼が犯人かどうかは分からないんだが、話を聞いてみてもらえないかな。ウチの事務に任せるより、七瀬さんの方がうまくやってくれる気がするんだ」

「分かりました。早急《そうきゅう》に対応します」

「ありがとう。細かい情報はメールで送ることにしよう。よろしく頼むよ」

舞衣は受話器を置き、大きく息を吐き出した。王子が大学にいようといまいと、トラブルは起こり続ける。そちらへの対応が自分の本来の仕事だ。

ノートパソコンのスリープを解除する。確認してみると、早くも浦賀からメールが届いていた。それだけ舞衣に期待しているということだろう。

この手のトラブルへの対処は、確かに自分の得意分野だ。トラブルの芽は早めに摘《つ》むに限る。

さっそく問題の学生に連絡を取るべく、舞衣はメールの作成に着手した。


翌週の火曜日。舞衣は地図を片手に住宅街を歩いていた。

時刻は午後三時を過ぎた。九月もあと少しで終わる。さすがに日中の気温も下がっており、日差しも落ち着いてきた。もう日傘がなくても問題なく出歩くことができる。

いま舞衣がいるのは、四宮大学から北西に一キロメートルほどの地域だ。四宮市内でも比較的家賃《やちん》の安いエリアで、四宮大生を含め、二十代の若者が多く暮らしている。日中は大半の住人が外出しているためか、辺りはひっそりとしていた。

車一台分の幅の路地を進み、舞衣は桜部荘《さくらべそう》というアパートの前で足を止めた。

「……ここかな」

桜部荘は二階建てで、各階三部屋ずつという造りだ。向かって右端の一〇三号室の玄《げん》関《かん》に近づく。ドア脇の郵便受けには、油性ペンで「入江」と書かれた紙が入れられている。どうやら、ここで間違いないようだ。

浦賀からの相談を受け、舞衣はすぐさま入江のメールアドレスに呼び出し通知を送った。四宮大学の学生や職員には個人のメールアドレスが付与されており、重要な連絡事項を直接通知する仕組みになっている。そのため、学生や職員は専用アドレスに届いたメールを常に確認する習慣がついている。

ところが、週明けの月曜日の午後になっても入江からは何の連絡もなかった。そこで、彼の所属する経済学部の事務に確認を取ったところ、夏季休暇明けから入江がまったく大学に顔を出していないことが判明した。進級に欠かせない必修科目も欠席しており、このままだと確実に留年になるという話だった。

今回の訪問の目的は、農学部への立ち入りに関する調査だ。それと同時に、できれば入江の現状を変えたいという気持ちも芽生えていた。

舞衣は「よし」と気合を入れ、一〇三号室のドアチャイムを鳴らした。

しばらく待っていると物音が聞こえ、玄関ドアが開いた。

ぼさぼさの髪は耳を完全に隠すほどの長さで、口元の無精《ぶしょう》ひげは数センチも伸びて黒々としている。入江だ。ちなみにここに来る前に、入学直後の入江の顔をデータベースで確認したが、当時はスポーツ刈りで、ひげも生やしていなかった。

「……えっと、誰ですか？」

頭を掻《か》きつつ、入江が怪訝《けげん》そうに言う。黒のTシャツにアロハ柄のショートパンツという格好をしている。顔や手足は日に焼けており、体からは、汗と脂《あぶら》、そして枯草《かれくさ》の匂いが漂っていた。

「庶務課の七瀬と申します。大学のアドレスに送ったメールに返信がなかったので、こうしてお宅に伺いました。聞きたいことがあるのですが、お時間よろしいでしょうか」

「聞きたいことってなんですか」

「ここでいいんですか？」と舞衣は辺りを見回した。他の部屋から物音は聞こえない。

「別にいいっすよ」

「では、単刀直入《たんとうちょくにゅう》にお伺いします。先週の木曜日の午後九時頃に、農学部本館に入館されましたか？」

ズバッと疑問をぶつけると、入江は顔をこわばらせ、「……いや、知らないっす」と答えた。明らかに嘘をついている、と舞衣は確信した。

「正面出入口の入館記録に、あなたの学生証のデータが残っているのですが」

「……それ、友達かもしれないっす。学生証を貸したんで」

「そうですか。では、その方に確認を取りますので、名前と連絡先を教えていただけますでしょうか」

「は？　なんでそこまでするんですか」と入江が顔をしかめた。

「ある部屋に無断で立ち入った人間がいるからです」と舞衣は毅然《きぜん》と答えた。「安全管理上、綿密《めんみつ》に調査すべきトラブルです。場合によっては警察に連絡することも視野に入れています。本当にご友人の仕業なのですか？　問題の時間帯に、あなたと思われる人物が農学部本館近くに設置されている監視カメラに映っていたのですが」

畳《たた》み掛けるように言葉を重ねると、入江はこれ見よがしに肩をすくめた。

「……証拠があるなら、最初から言ってくださいよ」

「正直に話していただけると思っていたので」

「別に言い逃れする気はなかったんですけど、なんか面倒で」と入江が目を逸《そ》らす。

「つまり、無断立ち入りを認めるわけですね」

「まあ、はい」

「あなたは経済学部ですよね。どうして農学部の建物に入ったんですか？」

「いや、別に理由はないんですけど。暇潰しにキャンパスをうろついてたら、たまたま目についたんで、それで中の様子を見たくなっただけっすよ。一度も足を踏み入れたことのない場所って、用事がなくても入ってみたくなるでしょ」

「だとしても、勝手に室内に立ち入るのはどうかと思いますが。実験機器にも触れたんでしょう」

「それに関しては、すんませんとしか言いようがないです」と入江は開き直ったように言った。「カッコいいなと思って、ついつい触っちゃいました」

「……分かりました。この件に関してはもう結構です」と舞衣はため息を吞み込んだ。

「もう一点、確認したいことがあります」

「まだあるんですか」

「入江さんは、ここのところ大学を休んでいると伺いました。このままでは進級できない恐れがあります。そのことは認識されていますか？」

「……認識っていうか、まあそうだろうなとは思ってます」

「欠席の理由を話していただけませんか」

「なんでそれを庶務課の人に言う必要があるんすか。部外者じゃないっすか」

「庶務課というのは言ってみれば何でも屋です。ありとあらゆる雑用をこなしています。裏を返せば、四宮大学の学生や職員のためになることなら、なんでも庶務課の仕事の範《はん》疇《ちゅう》ということです。庶務課の人間としては、あなたが貴重な時間を無駄にしているのを見過ごすわけにはいきません」

「……お節介《せっかい》って言うんじゃないですか、それ」

「よく言われます」と舞衣は真顔で頷いてみせた。

入江は首を振り、「人に説明できる理由なんてないっすよ」と低い声で言った。「単に嫌気《いやけ》が差したってだけっす」

「その嫌気についてもっと詳しく聞かせてください。例えば勉強が難しくてついていけないとか、同級生から嫌がらせを受けているとか、そういうことはありませんか」

「ないですよ、別に」

「じゃあ、どうして……」

「飽きたんですよ。必死に受験勉強をやって大学に入ったんですけど、なんか急に虚《むな》しくなっちゃって。定期試験があって、レポートがあって、卒論があって、就活《しゅうかつ》があって……いつまでも終わりがないですよね。いつまで勉強を続けるんだろうって思ったら、何もかも面倒臭くなっちゃって」

入江の投げやりな口調から、舞衣はドロップアウトの気配を強く感じた。入江は大学だけではなく、人生そのものに対する興味を失いかけているのではないか。このままにしておくと、社会復帰が困難になるような、深くて暗い穴の中へ沈んでしまいかねない。

そんな危うさが漂っている。

「入江さんの考えは分かりました。それなら、将来設計について専門家と話し合ってみたらどうですか。キャリアカウンセラーというんですが、すぐにでも紹介できます」と舞衣は提案した。

「相談したからって、何も変わんないと思いますけど」

「物は試しと言いますから。無理に大学に通わせるようなことはありません。休学という選択肢もありますし、学部を替わることも可能です。入江さんの希望に沿った解決策を提案してくれると思います」

「……はあ、そうっすか。まあ、じゃあ考えておきます」

入江は気の抜けた声でそう言って、ひげを触りながらドアを閉めた。

閉じられたドアの前で、舞衣はふうっと息を吐き出した。

入江の態度からは、現状を変えようという意思はまるで感じられなかった。「考える」と口では言っていたが、おそらくカウンセリングを受けるつもりもないのだろう。

立ち入りの件についての調査が自分の仕事だ。そちらは解決したので、ここで手を引くという選択肢もある。ただ、こうして入江の抱える問題を知ってしまった以上、見過ごすことはできそうになかった。

「お節介、か……」

その評価は、むしろ褒め言葉になる。舞衣はそう感じていた。本人が乗り気でなくても、最善の提案をし、危惧《きぐ》される不幸を回避させる。それが自分の役割だと舞衣は考えている。

心を閉ざしかけている相手の心に、どうアプローチしていけばいいのだろう。そのことを考えながら、舞衣は大学への帰路についた。

7

十月一日。舞衣は午後二時過ぎに理学部一号館にやってきた。

出入口のセキュリティを解除しようと職員証を手にしたところで、手のひらが汗で湿《しめ》っていることに気づいた。

理学部一号館に足を運んだのは、ユリヤ王子からの呼び出しがあったからだ。王子は改めてキャンパスを見て回ることを希望しており、その案内役になぜか舞衣を指定してきたのだった。

大丈夫、大丈夫と舞衣は心の中で繰り返す。学校見学の引率は幾度《いくど》となくこなしてきた。相手が誰であれ、やり方は変わらない。大学のいい面をしっかり紹介して、相手の質問に丁寧に答える。それを心掛けるだけだ。

首から下げた職員証を認証用のパネルに勢いよく押し付け、舞衣は建物に入った。

王子の実験室は二階の奥だ。階段を上がって廊下を進んでいくと、突き当たりに人影《ひとかげ》があった。王子の護衛を務めている多華子だった。

「あ、えっと、ポヴィリ……」

「多華子と呼んでいただいて結構です」と彼女が表情を変えずに言う。「私もそれに慣れていますので」

「そうですか。分かりました。殿下は実験室ですか」

「はい。貴重な原料を用いる反応の仕込み作業に取り掛かっておられます。しばらくここでお待ちいただけますか」

舞衣は実験室のドアをちらりと見て、「はい」と頷いた。

薄暗い廊下には、あちこちの実験室の換気装置が空気を吸い込む音が響いている。ひと気はなく、酸《す》っぱい匂いがほんのりと漂っていた。

多華子は口を引き結び、まっすぐに実験室のドアを見つめている。その横顔の美しさに舞衣はハッとした。ただ顔立ちが整っているというだけではない。気品と強さ、そして、王子を守るという覚悟が凛とした空気を生み出している。

「何か？」

彼女がゆっくりと舞衣の方に目を向ける。

「あ、いえ、特に用はないんですけど。多華子さんは、殿下の護衛を務められてもう長いんでしょうか」

「二年ほどになります。王子が大学を卒業されてすぐ、今の職に就《つ》きました。私は王子と同い年で、父親が王族護衛隊の隊長を務めていました。その関係で、子供の頃から王子と交流があります。よく、食事をご一緒させていただきました」

「へえ、そうなんですね」

「その縁もあり、私も護衛隊に入隊しました。単純な強さで評価するのであれば、私よりも腕の立つ人間はいくらでもいます。しかし、王子の気持ちを理解することに関して、私の右に出る者はいないと自負しています。王子が何を望んでいるかを瞬時に判断し、適切な対応が取れる。王子は私のその能力を評価し、近くに置いてくれているのだと考えています」

　多華子は誇らしげにそう語った。

　そこで実験室のドアが開き、王子が姿を見せた。

「ああ、七瀬さん。お待たせして申し訳ありません」

「いえ、ついさっき着いたばかりですから」と舞衣は微笑んだ。多華子の話を聞いたことで、いい具合に緊張がほぐれていた。「すぐに出発されますか」

「ええ。お願いします」

見学には多華子も同行するという。二人きりより三人の方が緊張しなくて済むので、むしろありがたい。舞衣は二人を連れて理学部一号館をあとにした。

「研究関連施設と図書館を見ていただこうと思いますが、何か希望はございますか」

「サークル棟を見てみたいですね。日本の大学では、運動系や文化系の部活動が盛《さか》んだと伺いました」

「はい。学内には百二十ほどのサークルがあり、学生のおよそ六割がいずれかに所属して活動を行っています」

「それは楽しそうですね。私の卒業した王立大学には、学生同士で集まって活動するような仕組みはありませんでしたから」

「では、そちらも見学に組み込むことにいたします。他にはいかがでしょうか」

「今、思いついているのはそれだけです。見学中に気になることが出てくるかもしれません」

「承知いたしました。では、最初に理学部三号館をご覧いただこうと思います。理学部の中で最も新しい研究施設で、学生実習に使う大きな実験室があります」

「それは興味深いですね。行きましょう」

「はい。こちらです」

歩き出してすぐ、ユリヤ王子は舞衣の隣にやってきた。思いがけない近さに、舞衣は

「えっ」と声を上げそうになった。歩いていると腕がぶつかりかねない距離だ。

どうしてだろう、と舞衣は疑問を覚えた。最初に王子を案内した時、彼は沖野の隣にいて、適切な距離を保って歩いていた。あの時は沖野に遠慮していただけで、これくらいが王子にとっては自然な距離感なのだろうか。

足を前に進めながら、後方の様子を窺う。多華子は二メートルほど後方にいて、舞衣の方をじっと見ていた。その視線の鋭さに、舞衣は慌てて前を向いた。

うぐいす色をした彼女の瞳には、明らかな敵意がみなぎっていた。王子と舞衣の位置関係に不満を抱いているに違いない。

どうやらユリヤ王子は、普段とは違う振る舞いをしているらしい。理由はよく分からないが、王子は楽しそうにしている。「ちょっと離れますので」と言い出せる雰囲気ではなかった。

後ろで多華子が睨《にら》んでいると思うとやりにくくて仕方ないが、気にせず職務を全《まっと》うするしかない。

理学部三号館が見えてきた。舞衣は「あちらです！」とわざと明るく言って、わずかに歩く速度を上げた。

一時間半後。舞衣は二人と共に理学部一号館に戻ってきた。

「では、これで終わりにしたいと思います」

「どうもありがとうございました」とユリヤ王子が笑みを浮かべる。「日本の大学に対する理解が深まりました」

「それは何よりです」と舞衣は吐息をついた。

王子の斜《なな》め後ろに控えた多華子は、まだ舞衣に険しい視線を向けている。気にしないようにと努めていたが、おそらく見学中ずっと睨まれていたのだろう。彼女の視線はレーザービームのように強烈だ。もしかしたらブラウスの背中が焦《こ》げているのでは、と本気で心配になった。

必要以上に疲弊《ひへい》してしまったが、ユリヤ王子には満足してもらえたようだ。役目を無事に果たせたことに安堵しつつ、「では、これで失礼いたします」と舞衣はその場を離れかけた。

「ああ、すみません。もう少しだけいいですか」

王子に呼び止められた瞬間、心臓が大きく跳《は》ねた。

動揺を顔に出さないように呼吸を挟《はさ》んでから、「どうされましたか」と舞衣は振り返った。

「噂《うわさ》を耳にしたのですが、七瀬さんは大学で起きた様々な謎を解決してきたそうですね。それは本当のことでしょうか」

王子の問い掛けに、舞衣は違和感を覚えた。どこでそんな噂を聞いたのだろう？　訝《いぶか》しく思いつつも、「はい」と舞衣は頷いた。

「ただ、活躍《かつやく》されたのは沖野先生です。私は先生に解決をお願いする立場でした」

「そうですか。ただ依頼しただけでしょうか？」

「あ、いえ、謎解きに必要な情報を集めるのは私の役目でした」

「つまり、情報収集の経験が豊富なのですね。ならば、ぜひ七瀬さんに頼みたいことがあるのです」

部屋で落ち着いて話をしましょう、と言って、王子は理学部一号館に入っていく。実験室に向かうらしい。

本来なら来賓用の応接室に案内すべきだが、王子は早く話がしたいようだ。舞衣は王子のあとを追って建物に入った。

二階に上がり、廊下を進む。

部屋の前に着いたところで、「私はここで待てばよろしいでしょうか」と多華子が質問した。

「いや、多華子も一緒で構わない」

「承知いたしました」と多華子が即答する。表情は平板《へいばん》で、何の感情も漏れ出てはいなかった。

三人で実験室に入る。奥のドラフトに、化学反応用のフラスコが四つ並んでいる。バリバリと研究を進めているようだ。

部屋に椅子は二脚《きゃく》しかなかった。しかも、円形の座面を四本のパイプが支えるだけのシンプルなものだ。

舞衣に一方を勧め、王子は慣れた様子で丸椅子に腰を下ろした。多華子は立ったまま、ということのようだ。それが彼らの流儀なのだろう。

舞衣は背筋を伸ばし、「それで、お話というのは」とユリヤ王子に水を向けた。

「私の母が四宮市の出身であることはご存じでしょう。母はすでに他界しているのですが、亡くなる少し前に、不思議な言葉を口にしていました。それは、『王国の未来を考えるためには、四宮を知らなければならない』というものです」

「四宮を……？」

「ええ。母がそのようなことを言ったのは、それが最初で最後でした。その後、病が急激に進行して意識が混濁《こんだく》してしまったため、言葉の真意は不明のままです」

いったいどういうことなのだろう。四宮とマイセンは八〇〇〇キロも離れており、人種も文化も異なっている。四宮を知ることと王国の未来がどう繋がるのかさっぱり分からなかった。

「お願いしたいことというのは、他でもありません。母が遺《のこ》したこの言葉の意味を調べてほしいのです」

王子の眼差しは真剣だった。どうしても謎を解きたいという強い思いが瞳に込められているのが分かる。

彼の視線を受け止め、舞衣は自分の胸に手を当てた。

「私に、その役目が務まるでしょうか」

「母が亡くなってから、国の調査部や文化研究の専門家に命じて検討させましたが、正しいと確信できるような答えは出せませんでした。実際に四宮に住んでいる方にお願いするしかないと思っています」

王子は哀切の漂う声でそう訴《うった》えた。その言葉には、「なんとか助けてあげたい」と思わずにはいられなくなるような響きが伴《ともな》っていた。彼には人の心を動かす才能があるのだ、と舞衣は思った。

ユリヤ王子は一時的に大学で研究をしているゲストにすぎない。それでも、彼が大学の関係者であることには変わりない。四宮大学に関わるすべての人間の手助けをすること。それが庶務課の職員の使命だと舞衣は考えている。

「……承知しました。お役に立てるかどうか分かりませんが、最善を尽くしたいと思います」

「ありがとうございます」

王子はにっこりと微笑むと、ふいに席を立ち、舞衣に近づいた。

「えっ」と呟くのと同時に、舞衣はユリヤ王子に抱き締められていた。

王子は舞衣の背中に手を回しつつ、耳元で囁く。

「舞衣さん。あなたの優しさに心から感謝します。母の遺した謎を解くことは、今回の四宮来訪の最大の目的なのです。どうか、力を貸してください」

鼓膜を揺らす甘い声と、体を包み込む王子の体温。頭の芯《しん》がとろけてしまいそうなほど、王子の抱擁《ほうよう》は心地よかった。

はぁ、とため息を漏らしたところで、王子の肩越しに多華子と目が合った。

彼女は完全な無表情だった。舞衣はその虚《うつ》ろな瞳の奥に、底知れない悲しみを感じ取った。

舞衣は慌てて王子から体を離し、「頑張りますので！」とボクサーのファイティングポーズのように両手の拳《こぶし》を握ってみせた。

「ええ。期待しています」と王子が笑顔で言う。

多華子の顔を見る勇気はなかった。「そ、それでは」と一礼し、舞衣は実験室をあとにした。

いろいろなことが急に起きたので、頭の中が混乱している。このままではとても仕事になりそうにない。

……とにかく、何か冷たいものでも飲んで気持ちを落ち着けよう。
舞衣は理学部一号館を出ると、学内にあるカフェテリアへと走り出した。

Chapter 2

1

ユリヤ王子に謎解きを依頼されたその日から、舞衣はさっそく調査を開始した。

――王国の未来を考えるためには、四宮を知らなければならない。

その言葉を単純に解釈すると、「四宮の方が発展している面があり、それを参考にすべきである」という風に捉《とら》えられる。

その着想に基づき、舞衣はマイセンと四宮の比較から始めることにした。

最初に目を付けたのは、ＩＴ関連の状況だ。キャッシュレス化や公衆無線ＬＡＮ、インターネットによる情報提供など、ＩＴ技術の進歩がもたらした変化は大きい。そういった技術のことを指しているのではないかと思った。

調べ始めてすぐに「これは違う」と感じた。マイセン王国のＩＴのレベルは日本と遜《そん》色《しょく》がなかった。マイセンのインターネットはヨーロッパの標準よりも高速で、通信網は国土を完全にカバーしている。また、キャッシュレスサービスも充実しており、国内のスーパーマーケットや飲食店のほぼすべてで、電子マネーによる支払いが可能だという話だった。

冷静になってみると、この説には無理があった。四宮市はIT技術の導入に積極的というわけではなく、近隣《きんりん》の都市と比較しても大きな差はない。いくら出身地とはいえ、わざわざ王妃が四宮の名前を出すとは思えない。

次に思いついたのは、産業のことだった。マイセンの国土は北に山、南に海があり、その間に狭い平地が広がっている。耕作に使える土地は限られているため、農業や漁業《ぎょぎょう》、酪農《らくのう》といった第一次産業よりも、工業製品の生産に代表される第二次産業、あるいは金融業《きんゆうぎょう》などの第三次産業に力を入れている。その分野で四宮の方が優れている点があるのでは、と考えたのだ。

そこで、市立図書館を訪れ、市の発行している広報誌を過去数年分にわたって熟読《じゅくどく》したのだが、これといった手応えはなかった。

四宮市の現在の主力産業は、統計的には鉄鋼業《てっこうぎょう》ということになっている。沿岸部の工業地帯にはその種の工場がいくつもある。

ただ、それはあくまで市の産業を売上高の順に並べた結果にすぎない。周辺の都市と比較してみると、「四宮が明らかに突出《とっしゅつ》している」と言えるような産業は見当たらなかった。

かつての四宮市はそうではなかった。昔から造船業《ぞうせんぎょう》に力を入れており、一九五〇年代には国内トップクラスの製造力を誇っていた。しかし、他国との価格競争によって徐々に生産量が低下し、今から四十年前に、最大手の造船会社が四宮市から海外に製造拠点を移すことを決断した。そこから他社の撤退《てったい》が相次ぎ、造船は主力産業の座から滑《すべ》り落ちてしまったのだ。

そのせいで市の財政が落ち込み、二十年ほどは苦しい時期が続いたが、産業を多様化することで持ち直していた。主力産業を一つに絞り込めないのはそのためだ。

ＩＴでも産業でもないとしたら、何だろうか。舞衣はじっくり考えて、文化が答えである可能性に気づいた。「四宮市」という自治体が誕生《たんじょう》してから九十年ほどだが、人が住み始めてから千二百年以上経っている。千年前に建国されたマイセンにも負けない歴史があり、古来の文化も数多く残っている。例えば市内だけで行われる祭りとか、他の地域にない特殊な信仰《しんこう》とか、あるいは含蓄《がんちく》のある民話などが、求めている答えではないかと考えた。

文献《ぶんけん》を調べてもよかったが、それよりは市民に直接話を聞く方が効率的だ。舞衣はそう考えて、四宮市出身の知り合いに声を掛けることにした。

何人か候補がいる中で最初に選んだのは、理学部に籍を置く土居《どい》という女性教授だった。彼女は現在五十一歳で、四宮市北部の小さな町の出身だ。他の地域や海外で暮らした期間はあるものの、土居は人生の大半を四宮市で過ごしていた。

ということで、舞衣は彼女に会うために理学部一号館にやってきた。

同じ建物で王子が実験をしていると思うと、なぜか無性《むしょう》に緊張する。舞衣は余計なことを考えないように、急ぎ足で土居の教員室に向かった。

ドアをノックすると、「どうぞ」という落ち着きのある声が返ってきた。

「失礼します」

彼女の部屋に足を運ぶのはおよそ半年ぶりだ。事務机に飾られた鉢植《はちう》えのアロエに、窓からの日差しを遮《さえぎ》る木製のブラインド。入口脇のテーブルには、白磁《はくじ》のカップとティーポットが載《の》っている。前も感じたが、土居の部屋には上品さがある。自分が心地よいと感じられる空間づくりにこだわりがあるのだろう。

「久しぶりね。約束を守ってくれて嬉しいわ」と土居が微笑む。

「すみません、ずいぶんお待たせしました」

土居とは、今年の三月に起きたトラブルの時に何度かやり取りをした。彼女は舞衣のことを気に入り、ティーパーティーの開催《かいさい》を希望していた。舞衣は「近いうちに伺います」と約束したのだが、仕事が忙《いそが》しくなかなかその機会を持てずにいたのだった。

「いいの。こっちが一方的に頼んだことだから。今日も、仕事で来たんでしょう？」

「そうですね、広い意味で」

「またトラブルの調査かしら」

「あ、いえ。とある方からの依頼で、四宮のことを調べていまして。土居先生なら、地元の人しか知らないような文化や風習をご存じかなと」

「……何か、隠し事をしているみたいね」と土居がすうっと目を細める。「依頼者の素《す》性《じょう》を秘密にする義務があるのでしょうけど、調査の背景をもう少し説明してもらえないと、こちらとしても答えようがないわ」

「ええと……」と舞衣は言葉に窮した。土居の言い分はもっともだが、だからといって王子のことを明かすのはためらわれる。

どうすべきか迷っていると、「ひょっとして、マイセン王国絡みの調査?」と唐突《とうとつ》に土居が言った。

思わず「そうです!」と頷きそうになったが、舞衣はぎりぎりのところで踏みとどまった。「……ええと、何のことでしょうか?」

「ごめんなさいね、鎌《かま》をかけるような言い方になってしまって」土居は笑って、舞衣と自分のカップに紅茶を注いだ。「安心して。マイセン王国の王子がウチの大学に通っていることは知っているから」

「どこでそのことを?」と舞衣は尋ねた。ユリヤ王子のことは、学部長クラスの職員しか知らないはずだ。

「十月から他の研究室の学生を預かることになってね。手狭になったから二階の予備実験室を使おうと思って、事務に申請《しんせい》を出したの。そうしたら、『しばらく無理です』と断られてしまったの。ずっと空き部屋だったから不思議でね。理由を調べた結果、王子の存在を知ることができた、というわけ」

「ああ、そうだったんですか……」

「もちろん、王子のことを口外するつもりはないから。きっと、何か事情があるんでしょう」と土居は言い、紅茶を口に運んだ。「それで、最初の質問だけど」

王子が四宮に滞在していることを知っているのなら、事情を正直に話しても構わないだろう。その方が、求めている情報が手に入る確率も上がるはずだ。

舞衣は淹《い》れてもらった紅茶を一口飲んでから、「実は……」とこれまでの経緯を説明した。

「四宮を知ることが、マイセンの未来に繋がる……ね」

「いかがでしょうか。心当たりはありませんか」

「申し訳ないけど、何も思いつかないわね」と土居は首を振った。「少なくとも、あなたが考えているような特別な祭りや風習はないわ」

「そうですか……」

「四宮のことを調べる前に、亡くなった王妃のことを調べた方がいいんじゃないかしら。彼女がなぜ、そういった考えを持つに至ったかを知ることが、謎解きへの近道になるかもしれないわ」

「なるほど、それは確かに……」

「実はね、私は王妃と——下里咲恵《しもさとさきえ》さんと同じ中学校を卒業しているの。私の二つ上の学年だったかしら」

「えっ、そうだったんですか！」

「面識はないんだけどね。でも、彼女がマイセン王国の王子……今の国王と結婚したという噂は耳にしたわ」

そういえば、王妃はどういう経緯で国王と出会ったのだろう？　舞衣はその辺の事情をまるで知らないことに思い至った。

「咲恵さんは、いつ頃マイセンに渡ったのでしょうか」

「現国王との結婚が決まってからだったみたいね。二十七、八年前だと思う。咲恵さんは高校卒業後、ツアーコンダクターとして働いていたの。仕事で北欧を訪れて、ホテルのロビーで現国王に声を掛けられたらしいわ。それで交際が始まったみたい」

異国の人間を妻に迎えることに対して反対の声もあったはずだ。しかし、現国王はわざわざ日本にやってきて、咲恵に求婚したという。それだけ彼女を強く想っていたのだろう。

「つまり、咲恵さんが四宮に住んでいたのは二十代半ばまで、ということですね」

「そうね。一度、咲恵さんの実家を訪ねてみたらどう？　結婚を機にご両親も一緒にマイセンに渡ったと聞いているけど、彼女のことを知っている人はまだいるはずよ」

「そうですね。貴重なお話、ありがとうございました」と舞衣は頭を下げた。

立ち上がりかけたところで、土居に「忙しいの？」と訊《き》かれた。時刻は午後二時半。学生との面会予定時刻は四時で、それ以外に特に予定はない。

「いえ、大丈夫です」

「そう。それなら、ゆっくりしていって。紅茶はまだたくさん残っているわ。ほら、前に約束したでしょう。あなたが、『クイーン・オブ・おせっかい』と呼ばれるようになったわけを話してくれるって。ずっと楽しみにしていたの」

「そうでしたね」

舞衣は椅子に座り直し、「聞いたら呆《あき》れてしまうと思いますよ。強引だったり、無鉄《むてっ》砲《ぽう》だったりするので」と笑った。

「とても興味深いわ。好きなだけ語ってちょうだい」

土居が楽しそうに言う。

「語れるエピソードはいくらでもあるんですけど、勤務時間中ですので、ちょっとだけにします」と苦笑し、舞衣はこの夏に関わったインカレサークルでのトラブルについて話し始めた。

午後三時五十分になったところで、舞衣は庶務課の事務室を出た。

面会予定の学生を迎えるためにロビーに向かうと、すでにそこに一人の男子学生の姿があった。髪は短いが、ばねのように縮《ちぢ》れている。天然パーマらしい。どちらかと言えば小柄《こがら》で、胴が長くて足が短い。ただ、体つきそのものはがっしりしている。日頃から運動で鍛えているようだ。

「津山《つやま》さんでしょうか」

「あ、はい。そうです」と彼が頷く。緊張しているのか、しきりに瞬《まばた》きをしている。

「お待たせしてしまいましたか」

「いや、勝手に早く来てただけなんで」と津山が鼻の頭を掻いた。

彼を連れて、普段からよく使う一階の小会議室に入る。

「今日はどういったご用件で？」

向かい合わせにテーブルにつき、さっそく話を始める。

津山は経済学部の二年生だ。彼から「相談したいことがある」と連絡があったのは今朝のことだった。届いたメールには相談内容についての記載はなかったが、それについて尋ねたりはせずに面会時間だけを決めた。本人が言い出すまでは内容を訊かない、というのが舞衣のやり方だ。その方が先入観を抱かずに済む。

「……あの、入江のことなんですけど」

その名前が出た途端《とたん》、舞衣は自分の中のギアが一段階上がったのを感じた。彼は入江の同級生だ。

「入江さんがどうかされましたか」

「噂で聞いたんですけど、この前、庶務課の方から経済学部に、入江についての問い合わせがあったって……」

「はい。私が担当しました」

「誰かが相談に来たんですか？　あいつを復帰させてほしい、みたいな」

農学部への侵入の件は公になっていない。「詳細は言えませんが、入江さんの現状については把握しています」と舞衣は答えた。

「……そうですか。やっぱり、問題になってるんですね」

「学生の皆さんには、悔いのない大学生活を送ってほしいと思っています。入江さんとは先日面会しましたが、今の状態に満足しているようには見えませんでした。庶務課としては、対応が必要な状況だと考えています」

舞衣はそう説明し、「津山さんも同じ気持ちなのでしょうか」と水を向けた。

「俺、トレッキングのサークルに入っているんですけど、ついこの前、天波山《てんぱ》で入江を見掛けたんですよ」と津山はテーブルに視線を落とした。

天波山は四宮市の北部にある山だ。確か、標高は五〇〇メートルほどだったはずだ。

「入江さんには山歩きの趣味があったんでしょうか？」

思い出してみると、入江の顔や手足は日に焼けていた。ずっと家にいたら、あんな風にはならないだろう。定期的に日中に外出しているのだ。

「そんな話は聞いたことがないです」と津山は眉をひそめた。「だから、ヤバいって思いました。……正直に言うと、自殺しに来たんじゃないかって、そんな風に思ってしまったんです」

津山の考えは決して杞憂《きゆう》ではない、と舞衣は思った。大学に来なくなった同級生がいきなり山中に現れたら、不穏《ふおん》な想像をするのも無理はない。

「もう少し具体的に伺わせてください。入江さんは山道を歩いていたんですか」

「道じゃなくて斜面《しゃめん》です。ごつごつした岩が転がっていて、その間から丈《たけ》の低い木がまばらに生えているような感じです。そこまで急じゃなくて、普通に上り下りできるくらいのところでした。標高四〇〇メートルくらいの地点だと思います」

「山菜《さんさい》採りに来ていた、とかでしょうか」

「でも、身軽でしたよ。装備品はウエストポーチだけで、リュックすら背負《せお》っていなかったです」

「そうなんですか。入江さんに声は掛けましたか？」

「その時、俺たちは谷を挟んだ反対側の山道にいたんです。距離は三〇メートルくらいですかね。大声で呼び掛けたら入江はこっちを向いたんですけど、黙って斜面を下りていってしまいました」

　入江を目撃したのは、九月半ばの土曜日の午前十時頃だったという。その後、入江と連絡は取れておらず、なぜ山にいたのかを確かめられずじまいだという話だった。

「俺、大学に入って最初に話したのが、入江だったんです」

　話の終わりに、津山は落ち込んだ声でそう明かした。

「最初はよくつるんでたんですけど、俺がサークルに入ってからだんだん疎遠《そえん》になっちゃって」

「それが自然な流れなら、仕方ないんじゃないでしょうか」

「でも俺、あいつが講義室で寂しそうにしているのに気づいてたんですよ。それなのに、声を掛けるのが億劫《おっくう》で、ずっとほったらかしにしてたんです。自分ならなんとかできたはず……なんて言うと傲慢《ごうまん》にしかならないですけど、別のやり方はあったと思うんですよね。天波山であいつを見た時に、そのことに気づいたんです。だから、今更だけど、なんとかしてやりたくて」

津山の想いに、舞衣は胸の奥が温かくなるのを感じた。ドロップアウトしかけている入江にも、味方はちゃんといるのだ。

「津山さんのお気持ちはよく分かりました。相談の内容としては、入江さんの復帰の手助けをしてほしい、ということでいいですか？」

「はい。こちらから何度か電話したんですけど、全然出てくれなくて……。家にはまだ行ってないですけど、無視される気がします」と津山は肩を落とした。「だから、大学の人に任せた方がいいかなって……」

「経済学部の同級生で、他に入江さんと親しかった人はいますか」

「いや、いないと思います」

「それなら、やはりこちらで対応した方がよさそうですね。また機会を見つけて、入江さんと話をしてみます。相談に足を運んでくださり、ありがとうございました」

舞衣が一礼すると、津山はホッとした様子で腰を上げた。

「よろしくお願いします。手伝えることがあったらいつでも連絡してください」

津山と一緒に小会議室を出て、ロビーで彼を見送ってから事務室に戻った。

自席につき、パソコンで天波山について検索《けんさく》してみる。紹介記事によると、山中には人家の類《たぐ》いはほとんどなく、手付かずの自然が多く残されているらしい。公共交通機関はなく、ふもとから歩いて上がるか、細い道を車で上っていくしかない。直線距離だとここから四〜五キロしか離れていないが、ちょっとした思い付きでふらりと立ち寄るような場所ではないことは確かだ。

入江はなぜそんなところにいたのだろうか。

「……山に何の用事があったんだろう」

呟いてみても答えは浮かんでこない。心に兆《きざ》すのは、得体のしれない漠然《ばくぜん》とした不安だけだった。

2

十月十日、土曜日。舞衣は通りに面したコインパーキングに停めた、愛車の運転席にいた。去年の一月に購入した、ミントグリーンの軽乗用車だ。

時刻はまだ午前六時だ。朝日に照らされた歩道を、犬を連れた中年女性や、ジョギング中の若い男性が通り過ぎていく。

舞衣はあくびを嚙み殺しながら、住宅街に続く路地の入口をぼんやり眺《なが》めていた。

入江がなぜひと気のない山にいたのか。その疑問がどうにも気になった舞衣は、彼の住むアパートに足を運び、一階の住人から話を聞いた。本人に直接疑問をぶつけなかったのは、まともに答えてくれないだろうという予感があったからだ。

すると、隣室の住人から興味深い証言《しょうげん》が得られた。入江は三日に一度のペースで、早朝にスクーターで出掛けていくのだという。行き先は不明だが、帰宅《きたく》するのは翌日《よくじつ》の夕方のことが多いという話だった。つまり、どこかで一泊して戻ってきているのだ。大学をサボってどこに行っているのか。それを確かめるため、舞衣は入江を尾行《びこう》することにしたのだった。

いま見張っているのは、入江のアパートに続く路地だ。張り込みを始めてから、そろそろ一時間になる。まだ入江が現れる気配はない。

人通りが絶え、時々車が通り過ぎるだけになった。代わり映えのない景色が眠気を誘う。舞衣は目をこすり、誰もいない助手席をちらりと見た。

大学の職員になってから、何度か張り込みをしたことはある。その時はいつも、沖野が近くにいた。

実は今回も、沖野に声を掛けることを考えた。沖野自身には関係のない調査でも、強く頼めば（ぶつぶつ文句を言いながらではあるが）一緒に来てくれることは多かった。優れた洞察力《どうさつりょく》を持つ沖野にそばにいてほしい、という気持ちはある。

ただ、沖野は今、ユリヤ王子の研究活動に協力している。それに加えて、自分の研究室の学生への指導もあるので、おそらくかなり忙しい日々を送っているはずだ。さすがにこの状況で、「一緒に尾行しましょう」と誘う気にはなれなかった。

大きく息をついた時、ふいに運転席のドアに人影が差した。

「ああ、やっぱり七瀬さんだ」

そこにいたのは、丸い眼鏡《めがね》を掛けた男性だった。切り揃えられた前髪と、小さくて丸い鼻。そしてつぶらな瞳。相変わらず、『ドラえもん』の野比《のび》のび太によく似ている。

「あれ、どうして国島《くにしま》さんがここに？」と舞衣は目を丸くした。

彼は沖野の大学時代の同級生で、四宮市内の分析技術研究所に勤務している。

「パンを買いに来たんですよ。この近くに、早朝から開いているパン屋さんがありましてね。すごく人気があると聞いて、妻が興味を持ちまして」

国島の妻は四宮市内のパン屋に勤めているのだという。商品改良のヒントを求めて、あちこちのパン屋をよく訪ねるんです、と国島は説明した。

「奥さんはいまどちらに？」

「近くのコンビニです。ここを車で通り過ぎた時に、運転席に七瀬さんがいるのに気づきましてね。どうしたんだろうと思って、こうして声を掛けたんですよ」

「ええと……説明すると長くなるんですけど、尾行をしようと思いまして、ターゲットが現れるのを待ってるんです」

「尾行？　何かトラブルが起きているんですか」

「まあ、その可能性がある、ってところです」

「相手は学生さんですか」

「ええ。だから、庶務課の仕事の一環ではありますね」

「そうですか……」

国島はしばらく考えて、「相手を待つ間だけでいいので、少し話をしてもいいですか。相談したいことがあるんです」と言った。

「別に構いませんよ。まだここにいると思うので」

「ありがとうございます。では、ちょっと待っていてください」

国島はいったんその場を離れると、三分ほどで戻ってきた。助手席に座り、「これ、よかったら朝ご飯にしてください」と紙袋を差し出す。中にはクリームパンやあんパンが入っていた。

「いいんですか?」

「もちろん。たくさん買ってありますから」国島は二〇〇ミリリットルサイズのパック牛乳を舞衣に手渡した。「張り込みと言えば、やっぱりパンと牛乳でしょう」

「刑事ドラマの定番ですね。じゃあ、ありがたくいただきます」

舞衣は手を合わせてから、あんパンにかじりついた。外の皮は薄く、パリッとしている。中はこしあんがぎっしり詰まっていた。パンというより、まんじゅうと言った方がしっくりくる。皮の香《こう》ばしい風味とあんこの控えめな甘さがよくマッチしている。店が評判になるのが分かる気がした。

「美味《おい》しいですね、これ。牛乳を飲むとクリーミーさが加わって、言うことなしって感じです」

「いわゆるマリアージュですね。あんパンと牛乳の組み合わせは、とても相性がいいんでしょう」と国島が微笑む。

舞衣は路地の方を見つめながら、「奥さんはいいんですか？」と尋ねた。

「先に帰ってもらいました。僕は電車で家に戻りますから大丈夫です」

「すみません、せっかくの夫婦水入らずなのに」

「七瀬さんが謝る必要はないですよ。強引に乗り込んだのは僕の方ですから」と苦笑して、国島はフロントガラスに目を向けた。「あの路地を見ていればいいんですか」

「あ、はい。それで、相談というのは？」

「沖野のことなんですけどね」

「先生がどうかしましたか」

「最近は、七瀬さんとどんな感じなのかなと思って」

「どんな感じと言われましても……。必要に応じて連絡は取り合っていますけど」

「勤務時間外に二人で会うことはありますか？」

「それはないですね」と舞衣は即答した。

「七瀬さんが断っているんですか」

「……いえ、断るもなにも、会う用事がありませんから」

舞衣がありのままを答えると国島は嘆息した。

「……あの、私、何かまずいことを言いましたか」

「ああ、そうじゃないんです。沖野の『変わらなさ』に呆れただけです。あいつも、もっと自分の気持ちに素直《すなお》になればいいのに」国島はそう言って、舞衣の方に体を向けた。

「七瀬さんは沖野のことをどう思っているんですか」

「それはもう、すごく頼りになる方ですから。心から尊敬《そんけい》しています」

「異性としてはどうですか？」

「……ええっと、それは……」

一瞬、ユリヤ王子の顔が脳裏《のうり》をよぎる。なぜ今それを思い出すのだろう。王子の幻影《げんえい》を追い払おうと首を振ったところで、スクーターのエンジン音が聞こえた。

慌てて正面に顔を向ける。見張っていた路地から、黒いスクーターが現れた。運転しているのは入江だ。大きなリュックサックを背負っている。

「あの人です」と舞衣は言い、車を発進させた。

コインパーキングを出て、スクーターのあとを追う。相手は結構スピードを出している。制限速度を微妙《びみょう》に上回っているようだ。これなら、無理に減速しなくても追い付く心配はない。

道路は空《す》いている。入江との間に、他の車を一台挟む格好になった。

数分ほど車を走らせたところで、舞衣は国島の存在を思い出した。

「あ！　ごめんなさい、降りてもらうのを忘れてました！」

「いいですよ、慌てなくて。今日は特に用事はないので、信号で止まった時にでも降ります」

「ええと……じゃあ、赤信号まではこのまま行きます」

思わぬ展開になってしまったが、尾行のチャンスを逃したくはなかった。

入江は道なりにスクーターを走らせ、交差点で大通りの方に右折した。北へと向かっている。信号はずっと青で、なかなか国島を降ろすチャンスがない。

「……目的地はやっぱり、天波山なのかな」

舞衣の独り言に、「スクーターの彼は、そこを目指しているんですか」と国島が反応した。その声は妙に硬《かた》い。

「以前、山にいたところを目撃されているんです」

「山で何をしていたんですか」

「それがよく分からないんですよ。斜面で何かを探していたみたいなんですけど」

「……なるほど。天波山は、人家はほとんどありませんよね」

「ですね。ザ・山って感じのところです」

「……まさか、あそこに行くつもりなのか」

「あそこってどこですか？」

「……近づいてきたら言います」と国島は前を見つめたまま言った。「お邪魔じゃなければ、このまま同乗させてもらえませんか」

「ええ、別に構いませんけど……」

国島はそれきり黙り込んでしまう。彼が何を考えているのか気になったが、今は会話よりも尾行に集中する時だ。舞衣は入江の背中を見失わないように、注意しながらハンドルを握り続けた。

県道を四キロほど北上すると、四宮市内を流れる向川《むかいがわ》を渡る、大きな橋が右手に見えてきた。その橋の手前で入江が左折した。

住宅街を抜けていく道の奥に、山の上の方が見えている。

「あれが天波山ですね」と、スマートフォンを片手に国島が告げる。画面に地図アプリを表示させているようだ。

「ここまで来たら、目的地はあそこで間違いなさそうですね」と舞衣は言った。入江は迷うことも寄り道することもなく、ずっとスクーターを走らせ続けている。通り慣れた道なのだな、と思わせる走りだ。

問題は、ここから先はどんどん車通りが減っていくことだ。入江と舞衣の間にいた車はすでに途中《とちゅう》で消えていて、今は五〇メートルほどの距離を置いて入江を追跡している。入江がこちらに気づいた様子はないが、さすがに山に入れば違和感を持つだろう。

「まだ大丈夫ですかね、このままで」

「七瀬さんは、彼と面識はあるんですか？」

「あります。一度、会って話をしました」

「この車が七瀬さんのものだと知っているんでしょうか」

「それは知らないはずです。大学へは徒歩で通勤していますから」

「なら、途中で運転を代わるのも手ですね。天波山を越えた先に、大きなキャンプ場があるんですよ。そちらへ向かう車だと思わせるんです」

確かにその方がよさそうだ。舞衣は路肩に車を停め、運転を国島に任せて後部座席に座った。

再び車が走り出す。すでに道に傾斜《けいしゃ》がついている。もう天波山に入ったようだ。ここからはずっと坂道が続く。

「うん。なかなか運転しやすい車ですね」

「ありがとうございます。基本的に週末しか乗れないんですけど、だからこそ積極的に運転するようにしています。初めてのマイカーなので、すごく愛着があるんですよ」

「ハンドルを握っていると、ひしひしとそれを感じますよ」

十分ほどすると、周囲の景色はすっかり緑と茶色に変わった。傾斜のきつい道路の左右に、よく育った杉《すぎ》の木が並んでいる。

カーブが続くと入江の姿が見えなくなることもあるが、一本道なので相手を見失う恐れはない。

適切な距離を保ちつつ追跡を続けていると、ふいに入江が脇道に入っていった。林の中に続く、未舗装《みほそう》の道だ。

脇道の手前で車を降りる。今まで以上に急な坂で、雑草の中にわだちが見える。木々の中を突っ切っていくので、かなり薄暗く、先の方がよく見通せなかった。

「アプリの地図には載っていない道ですね」と国島は言った。「行き止まりになっていると思います」

「どうしましょうか……」

「少し時間を空けてから、このまま車で上がりましょう」

国島が車に戻ろうとする。その表情はぐっと引き締まって見えた。

「国島さん、途中で独り言を呟きましたよね。『あそこに行くつもりなのか』って。近づいてきたら言う、って話でしたけど……その予想は当たってそうですか？」

「できれば外《はず》れてほしかったんですけどね。たぶん当たったんだろうなって感触があります」

「いったいどういうことなんですか」

「それは、またあとで。表に出せないというか、『相手』に知られるとまずい情報もありますから」

国島は謎めいたことを言って、再び助手席に座った。

三分ほど待ってから、舞衣は車を発進させた。エンジンが苦しげな音を立てるほどの坂をそろそろと上っていく。地面が凍るような冬季だと、普通のタイヤでは滑ってしまってまともに上れないだろう。

二〇〇メートルほど進んだところで、平坦《へいたん》な場所に出た。大型バスほどの大きさのビニールハウスがあり、その奥に平屋の古い民家が建っている。民家の玄関先には黒のミニバンが停められており、その隣に入江が乗っていたスクーターがあった。

「学生さんはあの家に入ったみたいですね。どうします？　このまま引き返すという手もありますが」

「ここまで来たので、会っていこうと思います」

「そうですか。では、僕も一緒に行きます。一応、顔を拝《おが》んでいくことにしましょう」

国島と共に車を降りる。辺りの雑草は刈《か》られている。黒っぽい地面のところどころに緑色の苔が密集していて、そこだけカーペットを敷いたようになっていた。

民家は年季が入っている。黒い屋根瓦《やねがわら》は経年劣化《れっか》でまだらに白くなっており、白黒の市松模様《いちまつもよう》のようになっている。外壁に使われている木材も、ビターチョコレートのような色合いに変わっていた。築年数は確実に五十年を超えているだろう。

民家の裏手からエンジンの音が聞こえる。発動機を回しているようだ。電線は見当たらない。自分で発電しているらしい。

玄関に近づいていく。と、引き戸にはまった花模様のすりガラスの奥に、ふっと人影が現れた。

ガラガラと大きな音を立てて玄関の戸が開く。出てきたのは入江だった。

「……誰が来たのかと思ったら、この前の事務員さんじゃないっすか」と入江が怪訝な表情を浮かべる。

「おはようございます。庶務課の七瀬です」

「いや、なんでこんなところにいるんすか」

「入江さんが大学を休んでどこかに出掛けていると聞いたので、追跡させてもらいました」と答えて、舞衣は辺りを見回した。「表札は出ていないようですが、こちらは入江さんのご親族のお宅でしょうか？」

「いや、そういうわけじゃ……」

「でも、入江さんと親しい方がお住まいなんですよね。泊まりがけで外出していたんでしょう。いったい、どういう用事があって頻繁に足を運んでいたんですか？」

「そんなの、俺の勝手でしょうが。大学の人にプライベートを詮索《せんさく》されるのは不愉快なんですけど」

「確かに、指導という意味では行き過ぎているかもしれない。でもね、彼女にそうさせているのは君なんだよ。君が大学にちゃんと顔を出していれば、休みの日に何をしていても構わない。学生としての責務を果たしていないから、周りに迷惑《めいわく》を掛けることになる。その自覚が足りないようだね」

横から国島が口を挟む。声は落ち着いているが、その語り口からは憤《いきどお》りに似た厳しさが感じられた。

「えっと、この人も大学の職員さんっすか？」と入江が国島の顔を指差す。

「僕は彼女の知り合いだよ。四宮大学と直接は関係ない」冷静に言って、国島は入江の背中越しに家の奥に目を向けた。「奥に、家主《やぬし》がいるんだろう」

「え、いや、それは」

「隠さなくていい。車を見れば分かることだ。彼と話がしたいんだ。『国島が来た』と伝えてくれないか」

「……じゃあ、ちょっと待っててください」

頭を掻き、入江は玄関の戸を閉めた。

国島の言葉に、舞衣は違和感を覚えた。いま国島は「彼」と言った。それはすなわち、家の中にいる人物が男性だと知っていることになる。

それについて質問したい気持ちはあったが、国島は話し掛けられることを拒むように、口をぎゅっと結んで玄関を見つめている。

黙って待つこと二分余り。再びガラスの向こうに影が差し、耳障《みみざわ》りな音と共に戸が開いた。

現れたのは、紺《こん》色の作務衣《さむえ》を着た男性だった。ぼさぼさの髪は先端が肩につくほど長く、顔の下半分を覆《おお》うひげの先端は喉仏の辺りまで伸びていた。濃い眉の下の目は穏やかな光を湛《たた》えていて、達観した雰囲気が漂っていた。彼の風貌に、舞衣はテレビ番組の特集で目にした、晩年のジョン・レノンの姿を連想した。

「ああ、本当に国島だ。いったい何年振りかな」

男性が笑みを浮かべる。

「僕の知る限り、君は一度も同窓会に参加していない。大学卒業以来だから、十数年は経っているかな」

「そうか。君は大学時代と全然変わらないな」

「そっちはずいぶん見た目が変わったようだ」と国島が微笑む。「まさか、四宮で袖崎《そでさき》と再会するとは夢にも思わなかったよ」

「今は何をしてるんだ？　四宮に住んでいるのか」

「市内にある、受託《じゅたく》分析の会社に勤めている。家もこっちだよ。袖崎は？」

「ここで自由を謳歌《おうか》している」と言って、袖崎と呼ばれた男性は両手を広げた。「俺がいま熱中しているのは、砂漠《さばく》の緑化《りょくか》に使える植物の研究だよ。そこのビニールハウスで、高温や乾燥《かんそう》に強く、繁殖力の強い植物を育てている」

「どこかの研究機関に所属しているのか？」

国島の問いに、「いや、単なる趣味だ」と言い切り、男性はにやりと笑った。

「お前の目には、俺が落ちぶれたように映っているだろうな。だけど、それは違う。俺は自分の意志で今の暮らしを選択したんだ。そのために、必要最低限の生活費を一気に稼《かせ》いでから仕事を辞めた。計画通りに生きているんだ。自分の人生に満足している。今が一番充実しているんだ」

「別に、暮らしぶりをとやかく言うつもりはないよ。でも、前途ある若者を巻き込むのはどうかと思うな」

「入江くんのことか。彼はただのアルバイトだ。食料品の買い出しや、俺の研究を手伝ってくれているだけだ。同じように生きろと命じたわけじゃない。彼の自由意思に任せている」

「君にそのつもりはなくても、知らず知らずのうちに影響《えいきょう》を与えることはある。相手はまだ二十歳《はたち》そこそこなんだ。感化されやすい年頃だよ」

「言わんとすることは分かるんだが、人手が必要なんだ」と肩をすくめ、男性は舞衣の方に目を向けた。「この人は？」

「初めまして。七瀬と申します」と舞衣は堂々と名乗った。「四宮大学の庶務課に勤めています。入江さんが大学を休み続けていると相談を受けまして、その対応に当たっています」

「それでわざわざこんなところまで？　その熱心さには頭が下がります。四宮大学は、学生へのケアが手厚いんですね。ウチの大学とは大違いだな。国島が彼女をここへ案内したのか？」

「いや、たまたま途中で一緒になっただけだよ。彼女が入江くんを探していたんだ。袖崎がここにいるなんて知らなかった。僕は関係ない」

　国島が一歩下がる。代わりに舞衣は袖崎の前に立った。

「入江さんは、こちらに入り浸《いびた》っているようですが」

「まあ、そうですね。朝に来てもらって、その日は泊まって翌日の夕方に帰る。で、一日休みを挟んでまた同じことの繰り返し、という感じです。別に、長くいてくれと頼んだわけではないんですよ。どれだけ長時間作業をしても、一日に払う金額は一定ですから。それでも構わないと彼が言うので、やりたいようにやってもらっています」

「それだけ足繁《あししげ》く通っていれば、彼が大学を欠席し続けていることはご存じだったはずです。『アルバイトもいいけど、大学にもちゃんと顔を出しなよ』とアドバイスするのが、良識のある大人の対応ではありませんか」

「おや、愛らしい顔立ちの割に、議論が好きなようだ」と袖崎が笑う。「今あなたは良識と言いましたが、その捉え方は人によって異なります。入江くんのやりたいようにやらせることが、私なりの良識なんです」

「……もう少し詳しく説明していただけますか」

「難しい話ではありませんよ。大学に通うことだけがすべてではない、というのが私の考えです。大学という狭いコミュニティで挫折《ざせつ》を味わったのなら、視野を広げて他に目を向けるべきではありませんか。誰にでも合う合わないはあります。入江くんは経済学に興味を持てなかったようですが、他の分野で輝ける可能性は充分にある。彼は今、それを模索している最中です。大人としてそれを見守りたいと思います」

袖崎は堂々とそう語り、悠然《ゆうぜん》と微笑んでみせた。頭の回転が速い。しかも、自分の判断に強い自信を抱いているようだ。ここでいくら袖崎と議論しても、「自分が間違っていた」とは言わないだろう。

「入江さんと話をさせてもらえませんか」

「彼はそれを望んでいないみたいですよ。『あとはお願いします』と頼まれました」と袖崎が背後をちらりと見る。「彼には作業に出掛けてもらいました。話し合いを持ちたいのなら、また別の日にしてもらえませんか」

「……作業というのは」

「山中での植物サンプル採取です。この辺りには、他の地域と遺伝的に差異のある植物が多く自生しているんですよ。それを育てるのが自分の研究の基本になっています」

袖崎が言っていることが正しいのかどうか、舞衣には判断がつかなかった。ただ、粘《ねば》っても入江が出てくる可能性は低いだろうということは察せられた。

「……帰りましょうか」

国島が声を掛けてくる。頷き、「必要があればまた来ますので」と舞衣は袖崎に背を向けた。

車に乗り込み、その場を離れる。サイドミラーに目をやると、袖崎は玄関先でじっとこちらを見つめていた。

急な坂をそろそろと下りていく。その途中で、「あの人は、国島さんの大学時代の同級生なんですか」と舞衣は尋ねた。

「そうです。僕や沖野と同じ理学部でした。ただ、僕は友人と言えるほど親しくはありませんでした。顔見知りの一人、といった感じでしょうか」

「国島さんは、あの人がここに住んでいることを知っていたんですか？」

「……さっきは知らないふりをしましたが、あれは嘘です。細かい住所までは把握していませんでしたが、半年ほど前に知り合いの刑事に教えてもらいました。『天波山におたくの知り合いが住み始めたみたいですよ』と」

「刑事？　どうして警察がそんな情報を持っているんでしょう」

「他の地域の警察がマークしていて、その情報がこっちの捜査員にも共有されているんでしょう」

国島の返答に、舞衣は唾を飲み込んだ。

「それはつまり、犯罪行為に手を染めているということですか……？」

「分かりません。マークしている理由までは知らされていないので。急いで調べてみますよ。入江くんのためにも」

「……お願いします」

入江のやる気を取り戻すというミッションは、思っていた以上に長引くかもしれない。

舞衣はため息をつき、ハンドルを握り直した。

3

十月十三日、火曜日。舞衣は普段より早い、午前七時過ぎに大学にやってきた。

職場である事務棟の前を通り過ぎ、東西に延びる通りを歩いていく。

この時間なので学生の数は少ないが、ゼロではない。サークル活動や実験など、やるべきことがあって大学に来る人はいる。

やがて理学部一号館に到着する。この時間なら、まだユリヤ王子は来ていないはずだ。中に入り、二階に上がる。

特にアポイントメントは取っていないが、沖野はいつも早い時間に出勤する。教員室のドアをノックすると、案《あん》の定《じょう》沖野が顔を覗かせた。

「ああ、君か」と沖野が息をつく。

「おはようございます。何か、ホッとしたって感じの反応ですね」

舞衣はそう指摘した。「朝イチから不機嫌《ふきげん》にさせないでほしいんだが」と顔をしかめられるのを覚悟していたのだが、むしろ安堵の表情に見えた。

「ユリヤ王子かと思ったんだ。少しずつ、大学にいらっしゃるのが早くなっている」

「それは実験のためですか？」

「そうだ。順調に進んでいるので、やる気に溢れているらしい。合成の手順について、一日に何度もディスカッションをしている」

「抗癌剤になるような物質を作られているって話でしたけど」

「ああ。四宮で見つかった植物が産生する物質だ。王子自身が合成ルートを提案されたんだ。前々から合成計画を練られていたんだろう」

「四宮で……」と呟き、舞衣は顎《あご》に指先を当てた。「その可能性もあるかな」

「なんだ、一人でぶつぶつと。というか、こんな朝っぱらから何の用件だ」

「相談したいことが一つと、報告したいことが一つありまして……あ、いや、どっちも相談に分類した方がいいのかな」

「分類は別にどうでもいい。俺に関係のある話なのか？」

「前者は王子に、後者は大学のコンプライアンスに関するものです」

「出たな、お得意のフレーズが」と沖野が顔をしかめる。「委員だからって、また強引に俺を巻き込む気だろう。コンプラ委員ならまだ他にもたくさんいる。俺じゃなくてもいいじゃないか」

「沖野先生の知っている人が話の中に出てきます」舞衣は沖野をまっすぐに見上げた。

「だから、お耳に入れておきたくて」

「……分かった。廊下で立ったまま済ませる話じゃなさそうだ。入ってくれ」

中に入り、向かい合わせにソファーに座る。その瞬間、舞衣は先日の国島との会話を思い出した。

――異性として、沖野のことをどう思っているのか。

今まで考えてこなかった……いや、意識的に考えることにブレーキを掛けてきた質問だった。今のところ、沖野に対する感情の大半を、「尊敬の念」が占《し》めている。その占領具合はかなり強固で、他の感情が入り込む余地はないように思える。

ただ、その状態が未来永劫《えいごう》続くという確証があるわけではない。変化することを拒絶《きょぜつ》するつもりはなかった。

要は、自然な成り行きに任せたい、というのが本音だった。異性としてどうこう、なんてことを考えずに、今まで通りの感じで沖野と接していきたい。それが舞衣の素直な気持ちだった。

……などという思考を仕舞い込み、「王子から、とあるミッションを授《さず》かりまして」と舞衣は切り出した。

王妃の遺した言葉について説明し、「先生はどう思われますか？　思いついたことがあったら、ぜひ伺いたいです」と舞衣は助言を求めた。

「と言われても、俺はここの出身じゃないからな」と沖野が頭を掻く。

「それは分かっています。……っていうか、先生のご出身ってどちらなんですか？」

「神奈川《かながわ》だ。三浦《みうら》半島の方だな。黒船が来航した辺りだ」

「へえ。その辺の地域って、海外との貿易《ぼうえき》が盛んなイメージがありますね。だから先生のおじいさんはフランスの方なんですかね」

「どうだろうな。その辺の事情には詳しくないんだが……というか、俺の話はどうでもいいんだ」と沖野が首を振った。

「あ、そうでした。失礼しました。四宮ならではの特徴でしたね」

「あえて一つ特色を挙げ《あ》るとしたら、この市に固有の動植物の豊富さだろう。特に、有用な薬用成分を産生する植物が多いように思う」

「王妃はそのことを把握されていたってことですか？　うーん」と舞衣は腕組みした。

「新種の数を世界レベルで見たらどうですか？」

「そこまで範囲を広げたら、いくらでも上がいるだろうな。アマゾン奥地の熱帯雨林とか、独自の生態系を持つ島とか、貴重な新規物質がたくさん存在している土地はあちこちにある。それらと比べると、四宮市が明らかに優れているとは言いがたいな」

「……それなら、わざわざ四宮に限定しないですよね。自分の出身地だからって、王国の将来に影響するようなことを気安く口にするとは思えないし……」

「そういうタイプの謎の答えは、案外本人の記憶《きおく》の中にあったりするんだが」と沖野が無精ひげを撫《な》でる。

「王妃との会話の中に、謎を解く鍵《かぎ》があったってことですか」

「その可能性はあるんじゃないか。王子にいろいろ質問してみるといい。会話がきっかけになって記憶が蘇《よみがえ》るかもしれない」

「分かりました。王子のご都合がいい時に伺ってみます」

「この件は引き続き調査が必要だな。俺も頭の片隅《かたすみ》に置いておく。何か思いついたことがあれば伝えるようにしよう」

「ありがとうございます」と舞衣は微笑んだ。答えに近づいたわけではないが、沖野の協力が得られたのはとても心強い。一気に心に余裕《よゆう》が生まれた気がする。

「で、もう一つの相談というのは」

「経済学部のある学生についてです」

舞衣は居住まいを正し、入江の名前は伏せつつ、彼の現状を沖野に説明した。

「……ということで、その学生は袖崎さんのところに入り浸っているようなんです。その人のことを、覚えてらっしゃいますか？」

「今、名前を聞いて思い出した。確かに、そんな名前の同級生がいたな」

「接点は全然なかったんですか。少なくとも向こうは、国島さんのことは覚えていたみたいですが」

「国島は昔から社交性が高いからな。知り合いを増やすのが得意というか、趣味みたいなところがある。当時の理学部化学科には五十人ほどの学生がいたが、おそらく全員が国島のことを覚えているだろう。もちろん、国島の方も相手を覚えているはずだ」

「ああ、なんとなく分かる気はします。親しみやすさがありますよね」と舞衣は頷いた。

「ちなみに沖野先生はどうだったんですか」

「友人は少なかったな。あまり人と話すのは好きじゃなかった。自分の時間を削《けず》られるのが嫌だったんだ」

「いかにもって感じですね」と舞衣は笑った。「今はずいぶん丸くなったんじゃないですか」

「丸くなったんじゃない。丸くさせられたんだ。世間の波に揉まれて角が削れたんだよ。そういう意味では、七瀬くんはごつい金属やすりみたいなものだな」

沖野の皮肉に、「お役に立てたようで何よりです」と舞衣は笑顔を返した。「袖崎さんについて、何かご存じでしょうか」

「確か、外資系の化学メーカーに就職したんじゃなかったか。大学院には進まずに、卒業と同時にアメリカに渡ったと聞いた気がする」

「海外で就職ですか。それは東理大では一般的な進路なんですか？」

「いや、大学院卒ならともかく、学部卒でというのは珍しい。同級生の間で話題になったんだろう。だから、俺の耳にも噂が聞こえてきたんだ」

「それだけ優秀《ゆうしゅう》だったと」

「たぶんな。成績の良し悪《あ》しは分からないが、リーダーシップはあったような気がする。……ああ、思い出してきたぞ。ウチの大学には定期試験の問題と解答をまとめたものがあって、『シケプリ』と呼ばれていた。それは先輩《せんぱい》から代々受け継がれ、自分たちの代の問題と答えを追加して、また後輩に渡していくんだ。だいたい似たような問題が毎年出るから、ものすごく役に立つんだな」

「へえ、ズルいっていうか、効率的っていうか……楽をするためには努力を惜しまない、って感じですね」

「そうだな。それで、誰がどの科目を受け持つかを割り振る係として、試験対策委員ってのがあったんだ。袖崎はその委員のリーダーを務めていた。試験の難易度《なんいど》は科目によって幅がある。ちゃんと解答を作るには、適性を判断してうまくメンバーを割り振らなきゃいけないんだが、袖崎はその辺を器用にこなしていたように思う。少なくとも、そのことで不満が出たことはなかったはずだ」

「そんな人だったんですね……」

舞衣は腕組みをして「うーん」と唸《うな》った。天波山で会った袖崎は、世捨て人《よすてびと》のような格好をしていた。知性は感じられたが、まっすぐな人生を歩んでいるようには見えなかった。少なくとも彼は今、無職だ。

「趣味で砂漠の緑地化の研究をしていると言っていましたが……どう思います？」

「まあ、市井《しせい》の研究者がいないわけじゃない。それこそ趣味で、研究費が付かないようなマニアックなテーマを研究している人もいる。ただ、砂漠緑化という目的がどうにも気になるな」

「どうしてですか？」

「公的な研究機関でやるようなことだからだ。予算を獲得できる見込みのあるテーマを、わざわざ個人でやるか？　全部自腹《じばら》なんだぞ」

「他人と一緒に研究するのが嫌になったのでは？」

「それなら、一人だけで研究に集中できる職場を探せばいい。ベンチャー企業なんかだと、そういうところもあるだろう」

「確かにそうですね。……よほど人との関わりに嫌気が差したとかでしょうか」

「その辺は何とも言えないな。国島が調べているんだろう？　ひとまず、その報告を待つべきだろう」

「……分かりました。そうします。早朝からありがとうございました。今日はこれで失礼します」

　一礼し、ソファーから立ち上がる。

　部屋を出ようとしたところで、「あまり無茶をするなよ」と声を掛けられた。

　振り返ると、沖野はわずかに眉根を寄せ、舞衣をじっと見ていた。

「その学生を大学に通わせたい気持ちは理解できる。ただ、どこまでが君の仕事なのかを冷静に判断すべきだ。結果を急ぐあまり、手痛いしっぺ返しを喰《く》らう危険もある。お節介が過ぎれば、身を滅ぼしかねない。覚えておいてくれ」

舞衣は沖野の視線を受け止め、大きく頷いてみせた。

「……ありがとうございます。肝《きも》に銘《めい》じます」

「返事は立派なんだけどな」と沖野がソファーの肘掛《ひじか》けに頬杖をつく。「とっさの場面での判断に一抹《いちまつ》の不安がある」

「じゃあ、迷ったらまた先生に相談しますね」

「え？　いや、それは……」

「金属やすりからのお願いです。よろしくお願いいたします」

舞衣はことさら丁寧にお辞儀をして、沖野の返事を待たずに部屋をあとにした。

いつものノリで沖野を頼るようなことを言ったものの、本気で迷った時は自分で判断すると決めていた。入江の件は自分の仕事だ。そこで他人に判断をゆだねるようでは社会人失格だし、今後の成長も見込めないだろう。

ただ、沖野の助言はしっかり心に刻《きざ》んでおこうと思った。特に、今回は大学外の人間が絡んでいる。こういうケースでは常に冷静でなければならない。

入江にとって、何が幸せなのだろう。そのことを考えながら、舞衣は階段の方へと歩き出した。

4

多華子・ポヴィリョニエネは身支度《みじたく》を整え、自室を出た。

時刻は午前七時十五分。ホテルの廊下は静まり返っている。いつも通りの光景だった。このフロアには十室あるが、他の客を入れないようにホテル側と契約《けいやく》を結んでいる。

それにしても、貧相《ひんそう》な内装だ。ユリヤ王子と多華子は、四宮大学から車で十分ほどの七階建てのホテルの最上階に滞在している。王子の希望で、大学からなるべく近いところを選んだのだが、王族の宿にふさわしいホテルではないと多華子は考えていた。シングルルームとツインルームのみで、そのツインルームの方も面積はたったの一八平方メートルしかない。いわゆるビジネスホテルなのだ。

そのような狭い部屋に王子を泊まらせることには抵抗があったが、本人はまるで気にしていない。「たまにはこういうのもいいじゃないか」と喜んでさえいる。

幸か不幸か、部屋での滞在時間は短い。狭くても支障《ししょう》はないというのは、決して強がりではないだろう。ユリヤ王子は大学での研究に夢中になっている。ゆっくり眠れる場所ならどこでも構わないと考えているに違いない。

ふっとため息を漏らしたところで、ドアが開く気配がした。暗い顔を王子に見せるわけにはいかない。多華子は表情を引き締めた。

「おはよう、多華子」

廊下に出てきた王子が笑みを浮かべる。

「おはようございます。殿下」

いつものように挨拶する。すると王子は口元に手を当て、多華子の顔をまじまじと見つめてきた。

鼓動が急激に速まる。胸の高鳴りを無視して、「いかがなさいましたか」と多華子は努めて冷静に尋ねた。

「顔色がよくない気がするんだ。寝不足だろうか」

「睡眠は充分にとりました」と多華子は言った。これは嘘ではない。護衛隊の人間は、どんな場所でも眠れるように訓練を受けている。いざという時に寝不足で動けなかったら何の意味もない。決められた時間にしっかりと休息をとることも、護衛任務には必要な能力だ。

「体は元気でも、心が疲れているのかもしれない。四宮での滞在も長くなってきた。そろそろ精神的な疲労《ひろう》が溜《た》まる頃ではないかな」

言われて気づいた。このホテルに泊まり始めて、今日でひと月になる。その間、多華子は一人で王子の護衛を続けてきた。護衛部隊の何人かはサポート役として日本に残ってもらっているが、王子の世話役は多華子の専任だ。

「この程度でしたら何の問題もありません。常に警戒していますので、表情はどうしても険しくなります。それで、疲れているように見えたのではないでしょうか」

そうは言ったものの、ストレスはずっと感じている。多華子は科学研究には興味はない。王子に頼まれて試薬の準備や合成した物質の精製も手伝っているが、正直なところ何が面白いのかまったく分からない。

「そうか。君が大丈夫だと言うなら、それを信じよう。でも、体調が悪いと感じたらすぐに言ってほしい。研究は大事だが、多華子の健康の方が何十倍も大切だ」

「ありがとうございます」

王子の言葉に胸が熱くなった。優しい言葉を掛けられると、どうしても頬が緩みそうになる。それを我慢《がまん》するのが、最近はかなり辛《つら》い。

よくない兆候《ちょうこう》だ。このままでは護衛失格の烙印《らくいん》を押されかねない。多華子は強い意志で感情を抑えつけ、「朝食はどうされますか」と尋ねた。

王子の食事は基本的に外食で賄《まかな》ってきた。充分に安全で、高品質な料理を提供する店を何軒《なんけん》も押さえている。和食、フランス料理、イタリア料理、そしてマイセン料理。王子が何を所望《しょもう》しても応えられるようにしてある。

「うーん。時間が掛かる反応を仕込みたいから、今日は早く大学に行きたいんだ。僕は朝食抜きで構わない。多華子は好きなものを食べるといい」

「そういうわけにはまいりません」と多華子は言った。王子を差し置いて一人で食事など、規則的にも心理的にもありえない。

「そうか。じゃあ、こうしよう。大学に行く途中で、コンビニエンスストアに寄って朝食を買おうじゃないか」

「そんな、王族ともあろうお方が、そのような低俗な食事を口にされるなんて！」

「いいじゃないか。以前から、どんなものか試してみたいと思っていたんだ。別に毒が入っているわけではないし、日本の人たちはそこで売られているものを食べている。低俗なんて表現は失礼だろう」

ユリヤ王子はそう言うと、「さあ、行こうか」と多華子の腕に軽く触れた。王子の希望を拒否するわけにはいかない。多華子は不満を呑み込み、「承知いたしました」と歩き出した。

「その代わりというわけじゃないけれど、夕食は豪華にしよう」

隣を歩きながら、王子が明るく言う。その楽しげな様子に、多華子は警戒心を抱いた。王子がこういう表情をするのは、何かを企《たくら》んでいる時だ。臣下へのサプライズプレゼントを贈る時に何度も目にしたことがある。

「料理の種類のご希望はございますか」

「和食にしようか。前からよく食べていたけれど、日本に来てからますます好きになったよ。日本にいる間に、たっぷり味わおうじゃないか」

「分かりました」

和食なら、日本でも十指に入ると評価されている店がある。四宮市の北部にある、『粋慈《すいじ》』という料亭《りょうてい》で、すでに何度も足を運んでいた。またそこを予約することにしよう。

「そうそう。多華子に頼みたいことがあるんだ」

「はい。何なりと」

「今日の夕食の席に、七瀬舞衣さんを招待《しょうたい》したい。彼女の予定を確認してほしい」

その名を聞いた瞬間、心の奥がちくりと疼《うず》いた。王子と七瀬が寄り添って歩いていた光景が頭をよぎり、苛立《いらだ》ちが蘇る。

多華子は短い呼吸で動揺を鎮《しず》め、「七瀬様には、どういう用件だと伝えましょうか」と質問した。

「母の遺した言葉についての調査状況を確認したいと伝えておいてほしい。実はもう一つ、彼女に話したいことがあるんだが、今はまだ黙っておくことにしよう。七瀬さんを緊張させかねないからね」

「もう一つ……？」

「気になるかい?」と、王子は嬉しそうに口の端を持ち上げた。

「差し支えなければ、お話しいただけませんか。今後の護衛に関わるか否《いな》かを判断する必要があります」

「護衛は関係ないよ。……いや、そうとも言い切れないかな」と王子は呟き、「まあ、いいか。後回しにするよ」と軽い調子で言った。

「……そうですか。王子がそう判断されたのであれば、無理にお話しいただかなくても結構です」

「大丈夫、大丈夫。舞衣さんに伝える時にも、多華子に退出を命じたりはしないから。彼女が夕食の誘いに応じてくれれば、今日の夜には分かるよ」

ユリヤ王子が七瀬の下の名を口にした途端、また心に痛みが走った。王子が相手をファーストネームで呼ぶことは、別に珍しいことではない。頭ではそれが分かっているのに、心が勝手に反応してしまう。

最近、こんな風に動揺することが増えた。王子のそばにいる時間が長くなったからだ。日本に来てから、日ごとに王子への想いが深まっていくのが分かる。このままでは、護衛任務の遂行《すいこう》に問題が生じかねない。

王子への気持ちは、絶対に表に出してはならないものだ。護衛の人間が恋心を抱いていると知られたら、確実に配置転換されるだろう。そして、二度と王子に近づくことは許されなくなる。

一番好きな人のそばに少しでも長くいるために、恋心を封印《ふういん》する。多華子は護衛部の一員となった時から、そう心に誓《ちか》ってきた。決してそれを忘れてはいけない。

多華子は自分自身に強く言い聞かせ、エレベーターの方へと歩き出した。


その日の午後七時。多華子は粋慈の玄関前にいた。

店は小高い丘の上にあり、肌寒い風が吹いていた。ガードレールの向こうには、四宮の街並みが広がっている。マイセンの首都の夜景と比べると光の密度が高い。それだけ、住宅が密集しているということだろう。ビルの数も多いようだ。高い建物は海辺のエリアに集中していて、陸と海の境界を示す光の壁のようだった。

風の音に混じって、車のエンジン音が聞こえた。黒塗りの車が坂をゆっくりと上ってくる。多華子が手配したハイヤーだった。

車が店の前で停車し、後部座席のドアが開く。

現れた七瀬を見て、多華子は顔をしかめた。彼女は薄いグレーのブラウスに、ミント色のスカートという服装だ。それは、午前中に会いに行った時と同じ格好だった。

確かに夕食に誘う際に、「普段通りの服装で結構です」と伝えてはいた。ただ、それはあくまで建前で、本来であれば王子と会うのにふさわしい服に着替えるべきだ。七瀬はそんなことにも気づかないほど鈍感《どんかん》らしい。

――いや、違うかもしれない。

多華子は別の可能性に思い至った。七瀬は状況を理解した上で、あえて普段着を選択したのではないか。つまり、一人の女ではなく、大学の職員として来たのだ、という主張と理解することもできる。

ただ、それはそれで腹立たしい。まるで、「私は王子に興味はないですよ」と言っているようではないか。

などといったもやもやを心のうちに仕舞い込み、「七瀬様。お越しいただきありがとうございます」と多華子は挨拶した。

「こんばんは。初めて来たんですけど、立派なお店ですね」と七瀬が瞳を輝かせて言う。

粋慈は平屋の和風建築で、漆喰《しっくい》の塀《へい》に囲まれたその佇《たたず》まいは、書物で読んだ江戸時代の武家屋敷のようだった。

「ええ。王族が食事をされるのにふさわしい店だと思います。どうぞこちらへ」

七瀬を連れて広々とした日本庭園を抜け、建物に入る。そこで靴《くつ》を脱ぎ、つやつやと輝く板張りの廊下を進んでいく。

和服姿の従業員たちとすれ違いながら、渡り廊下を通って離れに向かう。そこで王子が待っている。

「こちらです」

庭の隅にある離れに到着し、ふすまを開ける。

ユリヤ王子は雑誌を読んでいた。最新の化学反応が載っている、いわゆる学術雑誌と呼ばれるものだ。最近、王子はそればかり読む。自身の研究に使える文献を探しているのだろう。

王子が雑誌から顔を上げ、「ああ、舞衣さん」と白い歯を見せた。本人に対しても下の名前で呼ぶことにしたらしい。

「お誘いいただきありがとうございます。でも、いいんでしょうか。こんな素敵なところにお邪魔しても」

「もちろんです。一度、舞衣さんと食事をご一緒したいと思っていたんです」

王子は嬉しそうだ。その笑顔が社交辞令によるものなのか、それとも純粋《じゅんすい》に七瀬と会えたことを喜んでいるのか、今の多華子には判断がつかなかった。

離れは十二畳の和室で、畳に座って食事をする形式だ。七瀬が座布団《ざぶとん》に腰を落ち着けたところで内線電話を取り、食事を始める旨《むね》を担当従業員に伝えた。

王子と七瀬は、大きな座卓《ざたく》に向かい合わせに座っている。

「失礼いたします」

二人をはす向かいに見る位置に多華子は腰を下ろした。外食時のみだが、多華子には王子と同じ食卓につく許可が与えられている。王子自身がそれを希望したのだ。

「飲み物はどうされますか。お酒も準備できますが」

多華子は七瀬にドリンクメニューを差し出した。彼女はざっとそれに目を通し、「では、ウーロン茶をお願いします」と注文した。王子も多華子も同じものにした。日本では、アルコールを飲まない時はウーロン茶を選択することが多いらしい。マイセンではほぼ見掛けることのない、珍しい飲み物だ。

やがて最初の料理が運ばれてくる。長細い皿に、白身魚を細切りにしたものや、日本のきのこをさっと焼いたものが載っている。いわゆる先付《さきづけ》だ。

食事のメニューは料理長任せだ。何も言わなくても、旬《しゅん》の食材を適切に組み合わせた料理が出てくる。それは王子が相手だからというわけではなく、すべての客に対してそうしているようだ。この店の方針なのだろう。

「いかがですか。調査の方は」

器用に箸《はし》を使いつつ、王子が尋ねる。ちなみに王子も多華子も、幼少時から箸の使い方には慣れている。

「ＩＴ技術、産業、文化などについて調べてみましたが、四宮市に特有であると言えるようなものはまだ見つかっていません」と七瀬は神妙に答えた。

「沖野先生にも相談されたんでしょう。先生のご意見はどうでしたか」

「候補として挙げるのであれば、植物ではないかとおっしゃっていました。近隣の都市と比べ、論文で報告された固有の植物の数が多いのです」

「ああ、なるほど。確かにそうですね。文献で何度か『四宮』の名前を目にしたことがあります」

「ただ、世界に目を向けると、四宮以上に固有種の多い土地はあります。ですので、自信を持って『これが答えです』とは申し上げにくいのが現状です」

「多角的に調べていただき、ありがとうございます。これで調査は終了でしょうか」

「いえ。もうしばらく続けたいと思います。私自身、納得《なっとく》のいく答えを見つけたい気持ちが高まっています」と七瀬は真剣な面持ちで言う。「これからの方針を決めるに当たって、王子のお母様のことを伺いたいのです」

「母の何を話せばいいのですか」

「お母様が遺された謎を解く鍵は、もしかすると生前の会話の中にあったのではないか、と沖野先生から助言をいただきまして。いかがでしょうか。何か心当たりはありませんでしょうか」

「……母との会話、ですか」と王子が箸を置く。その表情は真剣だ。

十秒ほどの沈黙《ちんもく》のあと、「……申し訳ない。これといったものはありません」と首を振った。

「そうですか……」

「たぶん関係ないと思いますが、懐かしい記憶が蘇りました」

王子はそう前置きして、「母は、天波山という山からの景色が好きだったようです」と続けた。「小学生の時に遠足で足を運び、展望台からの眺めに感動したそうです。成長してからも、何度かそこを訪れたと話していました」

「天波山……」

七瀬は小声で呟き、急に黙り込んだ。妙に表情が険しい。今の話を聞いて、何かに気づいたのだろうか。

「どうされましたか」と王子が声を掛けると、「あ、いえ、別件でちょっと」と七瀬は手を振った。

その態度から、隠し事をしているのは明らかだった。無礼者！　と多華子は心の中で七瀬を怒鳴《どな》りつけた。王子に対して失礼すぎる。

だが、当の王子は特に気分を害した様子もない。「やはりお忙しいのですね」と微笑みながら、再び箸を手に取った。

その落ち着き払った様子に、多華子は自分の短気を恥《は》じた。どうも、七瀬が目の前にいると感情が揺らいでしまう。些細《ささい》なことに大きく反応してしまうのだ。

多華子は、自分の心を制御《せいぎょ》することに関しては自信を持っていた。どんな時も冷静沈着に最善の行動が取れる――それが自分の強みだと理解していた。

ところが、最近は精神の制御に苦労する場面が増えている。すべての元凶《げんきょう》は、王子への恋心にあるのだろう。要は、王子が出会ってから日の浅い日本人の女と親しげにしているのが気に入らないのだ。

そこまで分かっていても、苛立ちや怒りの感情が芽生えてしまう。いったい、どうすればマイセンにいた頃の自分に戻れるのだろう。

多華子はユリヤ王子の方に目を向けた。王子は次の料理が運ばれてくるのを待ちながら、七瀬と雑談を楽しんでいる。沖野の好物であるカレーパン――マイセンには存在しないものだ――について盛り上がっているようだ。

王子の声は好きだ。優しい声で話し掛けられると心が安らぐ。だが、今だけはそれを聞き続けるのが苦痛だった。多華子は会話をシャットアウトするように、精神を安定させる方法について考える作業に没頭していった。


食事が終わり、デザートの柿《かき》が出たところで、「舞衣さん。大切な話があるのですが」と王子が切り出した。

「はい。なんでしょうか」と七瀬が姿勢を正す。

「以前、私の父が四宮を訪問する予定があったことをご存じでしょうか」

「ええ。四宮大学に見学にいらっしゃる可能性もあったということで、具体的に準備を進めていた記憶があります」

「あの時は申し訳ありませんでした。こちらの都合で急に取り止めてしまって」

「いえ、仕方ありません。急にご病気になられたのですから……」

「関係者の方々には虫垂炎で入院したと伝えたのですが、あれは事実ではありません。本当は、心臓の手術を受けたのです。血管の詰まりを治すものでした」

ユリヤ王子の言葉に、多華子は耳を疑った。そのことは、王族でもごく一部の人間にしか知らされていない。護衛隊でも、ほんの数人しか把握していないはずだ。

「そ、そうだったんですか。今はもうお元気なのでしょうか」

「手術は成功し、状態は安定しています。ただ、これからのことは分かりません。万が一という可能性も考えておかねばなりません」

王子はそう言って、七瀬の目を見つめた。

「王の体調が悪化すれば、早期に私が王位を継承することもありえます。王国の将来のことを考えた場合、王子のうちに妻を見つけることが好ましいと考えます。王になり、忙しくなれば花嫁《はなよめ》探しどころではなくなりますから」

室内に、張り詰めた空気が漂い始めていた。「……なるほど」と七瀬がお茶を口に運ぶ。にわかに緊張が高まっているのか、動作がぎこちない。

「実は、花嫁の候補を見つけることも、今回の来日の目的なのです。はっきり申し上げましょう。舞衣さん。私はあなたに、その候補者になっていただきたいのです」

「え、わ、私がですか」

七瀬が自分の顔を指差す。王子は迷いなく、「そうです」と頷いた。「いかがでしょうか。率直なお気持ちを伺いたい」

「あの、大変光栄なお話だと思うのですが……突然すぎて、頭が真っ白になってしまっています。今ここで何かをお伝えしても、あとで簡単にひっくり返ってしまいそうな気がします」

「そうですか。すみません、驚かせてしまいました」

「でも、切実な問題でしょうから……。持ち帰って、じっくり考えてみます」

そう答える七瀬の耳は真っ赤だった。完全に舞い上がっている。一瞬、コップの水を頭から掛けてやりたい衝動《しょうどう》が湧《わ》き上がったが、多華子はすぐさまそれを封じ込めた。

「もちろん、急《せ》かすつもりはありません。こちらも、他の候補者を引き続き探すつもりです。そのことをお許しいただけますか？」

「大丈夫です。必要なことだと思います」

「ありがとうございます。ああ、そうだ。よろしければ、電話番号を交換しませんか。私個人の携帯《けいたい》電話がありますから、誰にも邪魔されずにお話ができます」

「王子、さすがにそれは」と多華子は待ったを掛けた。王族の個人情報は、国で管理すべき重要事項だ。相手が国家元首ならともかく、一般市民に気軽に教えていいものではない。

「許可できない、と言うんだね」

「申し訳ございません」と多華子は頭を下げた。「ホテルの部屋に電話機がございます。それをお使いいただけますか」

「いや、ダメだ。外から部屋に直接かけられない。それに、傍受《ぼうじゅ》の可能性もある」と王子が首を振る。「では、明日までに携帯電話を調達してくれないか。日本に滞在している間だけそれを使う。それなら構わないだろう」

「……承知しました。迅速に対応いたします」

王子の指示に逆らうことはできない。受け入れるしかなかった。

「これで、個人的に連絡を取り合うことができますね。あとで電話番号をお聞かせください」

ユリヤ王子は嬉しそうに微笑み、七瀬に握手を求めた。七瀬が、はにかみながらその手を握る。

直視していると、心に大きなヒビが入ってしまいそうな気がした。護衛失格だと分かっていても、多華子は目を逸らさずにはいられなかった。

5

十月十六日、金曜日。舞衣は午後五時過ぎに大学の正門前にやってきた。

門の周りには、帰宅を急ぐ学生たちの姿がある。辺りはもう暗くなり始めている。ずいぶん日が短くなった。

あっという間に十月も半ばだ。果たして、ユリヤ王子はいつまで四宮に滞在するつもりなのだろうか。合成以外にもいくつか目的があると話していた。そのすべてが達成されるまで粘るとしたら、かなり長くなるだろう。

それにしても、昨日の夜の話には驚かされた。あれから王子とは話せていないが、未《いま》だに心がふわふわふわしている。

自分が国を治める王の妻になる。王妃、あるいはクイーン……。言葉にしてみても、まったく現実味がない。まるで、幼稚園児《ようちえんじ》の「将来の夢」のようだ。

しかし、どれだけ空想じみていても、王子からアプローチを掛けられたのは事実だ。その言葉には大変な重みがあると捉えるべきだろう。真剣に考えて返事をしなければならない。

昨日、家に帰ってからあれこれ考えた。今日も、朝から頭の片隅でそのことを考え続けているが、まだ答えは出ていない。迷っているというより、何から考えていいか分からない、という感じだ。

「……七瀬さん？　大丈夫ですか」

急に声を掛けられ、舞衣は「は、はいっ」と顔を上げた。そこにいたのは国島だった。そうだ。彼と待ち合わせをしていたんだ、と思い出す。

「すみません。ちょっと考え事をしていました」

今日はこれから、袖崎についての報告を聞くことになっている。沖野も一緒だ。

「沖野のことでしょうか？」

「え？　いえ、それは……」

「あ、違いますか。失礼しました。では、入江くんのことですか」

「それはあります」と舞衣は頷いた。

「今週はどうですか。彼、大学に来てますか」

「……いえ、相変わらず休んでいるそうです。これまでと何も変わっていません」

「そうですか。じゃ、行きましょうか」

国島と共に理学部一号館に向かう。

「すみません、お仕事終わりに呼び出してしまって」

「構いませんよ。七瀬さんや沖野と会うのは僕の楽しみなんです。東京での暮らしが長かったこともあって、社外の知り合いは少ないんですよ」

「確か、あちらでは大学に勤務されていたんですよね」

「ええ。母校である東理大で助教《じょきょう》を。沖野と同じですね」

「どうして環境を変えようと思ったんですか」

もしかしたら今の自分の参考になるのでは。そんな思いで舞衣は質問した。

「そうですね……大きな理由は二つですね。一つは、妻の出身がこちらだったことです。ずっと戻りたがっていたんですよ」

「なるほど。もう一つは？」

「研究者としての限界を感じたんです」と国島は声を落とした。「研究は、絶え間ない競争の世界です。そこで新しいものを生み出し続けることに疲れたんですね。知力、体力、精神力……そのすべてが充実していないと、研究者は務まりません」

「……そうだったんですか」

「落ち込まないでくださいよ」と国島が苦笑する。「違和感はずっと前からあったんです。本当にここが自分の居場所なのかなと、自問自答し続けた末の結論です。無駄に居座って貴重なポストを占めるより、新しい環境で頑張ろうと決めたんですよ。何の後悔もしていませんし、大学に戻りたいとも思ってません」

そんな話をしているうちに、沖野の教員室の前に着いていた。

ノックする前にドアが開き、沖野が顔を覗かせた。

「来たか。入ってくれ」

「もう少し嬉しそうな顔をしてくれよ」と国島が笑う。

「明るい話をするわけじゃないだろ。コーヒーが冷めるから座ってくれ」

「それは急がないと」と国島が冗談《じょうだん》っぽくソファーに駆け寄る。

舞衣は廊下の奥——王子がいる実験室の方をちらりと見てから部屋に入った。

テーブルに、人数分のカップが載っている。カップに注がれたコーヒーは濃い色で、ほんのりと湯気《ゆげ》が立ち上っていた。

「あ、この豆って……」

「そうだ」と沖野が頷く。「農学部の浦賀先生の新作だ」

「やっぱり。匂いで分かっちゃいました」と、舞衣は沖野の隣に腰を下ろした。

浦賀の研究室では遺伝子組み換えを行った様々な作物を実際に育てており、その中にコーヒーもあった。一時休止していたようだが、またコーヒー栽培《さいばい》を再開したそうで、舞衣も新作の豆をもらっていた。沖野のところにも届けられたのだろう。

コーヒーを口に運ぶと、自然と吐息が漏れた。嗅覚《きゅうかく》や味覚の隅々までコーヒーの風味が行きわたる。五感のうちの二つしか使っていないのに、体全体でコーヒーを感じる。とにかく、味も香りも複雑だ。成分の数が多いのだろう。

「前のも美味しかったですけど、今度のも負けないくらいにハイレベルですよね。売ればいいのに、って心の底から思います」

「確かにこれは素晴らしいですね」と国島。「ただ、量産化となると難しいのかもしれませんね。そもそも、日本の気候はコーヒーの育成には向いていませんから」

「寒冷地でも育つ品種を目指しているようだが、その辺はまだ時間が掛かるんだろうな。ただ、収穫《しゅうかく》までの時間は短くなったようだ。普通、種を蒔《ま》いてから実がなるまで四年近く掛かるそうだが、この豆は二年足らずで採《と》れたとおっしゃっていた」と沖野がコーヒーの液面を見つめながら説明する。

「着実に改善されているわけか。商品化に期待したいね」

国島はもう一口コーヒーを飲んで、「さて」と膝《ひざ》に手を置いた。「袖崎についての報告といこうか」

「お願いします」と舞衣はメモ帳を手に取った。あとで資料をもらえることになっているが、気になったことはきっちりメモに残しておきたい。

「基本的には、七瀬さんに合わせて話すよ。すでに沖野が知っている内容が含まれると思う」

「ああ、別にそれでいい。忘れていることも多いだろうからな」

「分かった。じゃあ、まずは経歴から。袖崎は僕たちの同級生で、東理大学の理学部出身です。大学卒業後は、外資系の化学メーカーに就職し、すぐにアメリカで働き始めました。ただし、研究ではなく営業部門です。マーケティングを担当していました」

「そうなのか。それは知らなかったな」

「その会社を三年で退職し、広告業界に転職します」

「え、辞めちゃったんですか」と舞衣は思わず口走った。

「ヘッドハンティングされたらしいですね。勤務先は引き続きアメリカです」

「じゃあ、営業の仕事で成果を挙げていたんでしょうね」

「ちょっといいか」と沖野が小さく手を上げた。「そもそも、なぜ袖崎はアメリカで働き始めたんだ？」

「沖野は、学生時代に彼と話したことは？」

「……たぶんないな。挨拶くらいじゃないか」

「じゃあ、知らなくても当然か。袖崎は大学にいた頃から、『いずれはアメリカで働く』と言っていたよ。『洗練された、世界最高峰の資本主義に触れたい』と語っていたのをよく覚えている」

「最初から海外志向だったんだな」

「……まあ、本当にそれが動機かどうかは怪しいけど」

国島は意味ありげな口調で呟き、「で、続きですが」と舞衣の方に目を向けた。

「今までの話は、同級生から聞いた情報をまとめたものです。残念《ざんねん》ながら、袖崎がアメリカ時代にどんな生活を送っていたかは分かりません。それを知る人間を見つけることができませんでした。当時、日本には一度も戻っていなかったようです」

「向こうで頑張ってたんでしょうね」

「そうだと思いたいんですが、どうでしょう」

国島はそこでコーヒーを飲み、「ここから先は、警察の知り合いから聞いた情報です」と言った。

「袖崎は今から五年前に帰国しています。その時はすでに仕事を辞めていました。そして、帰国から半年後に、大麻《たいま》所持で逮捕《たいほ》されています」

いきなり飛び出した物騒《ぶっそう》なフレーズに、舞衣は思わず「た、大麻？」と大きな声を上げていた。

「そうなんです。最近は芸能人が逮捕されるケースも増えていますね。彼は当時東京に住んでいたのですが、逮捕された売人の持っていた顧客《こきゃく》リストに名前があったことから警察にマークされ、現行犯逮捕となったようです。袖崎が所持していた量は二グラムほどで、営利目的ではなく自己使用のためと判断されました。裁判《さいばん》では、懲役《ちょうえき》一年三カ月、執行猶予《しっこうゆうよ》三年の判決を受けています」

「つまり、すでに執行猶予期間は明けているわけか」と沖野。

「そういうことになる」

「四宮には、半年前に引っ越してきたんですよね」と舞衣は言った。「なぜ天波山に住み始めたのでしょう」

「本人の弁を信じるなら砂漠緑化研究ということになりますけど……真相は不明です。ただ、住まい自体は元々あそこにあったものでした。二年前まで八十代の男性が一人暮らしをしていたそうで、介護施設に入ったのをきっかけに手放し、売りに出していたとのことです。ビニールハウスは袖崎が建てたみたいですね」

「ハウスの中の様子はどうなんですか」

「警察の麻薬関連の捜査員が、本人立ち会いのもと確認しています。様々な植物を植えた鉢が並んでいただけだったそうです。警察は、そこで大麻を育てているんじゃないかと疑ったんでしょうね」

「シロだったということですか。本当に改心したのでしょうか……」

前科があるからといって、理由もなく危険視するのは差別に当たると思う。ただ、会って話した印象はよくなかった。袖崎からは、大っぴらにできないことを企んでいるような、不穏な気配が漂っていた。

「とにかく、警戒は必要でしょう」と国島が眉をひそめる。「警察の知り合いと連絡を取りつつ、情報収集に努めますよ」

「ありがとうございます。すみません、余計な手間を取らせてしまって」

「お気になさらず。僕もかつては大学での教育に携わっていた身ですからね。前途有望な若者を守るための努力は惜しみませんよ」

そう言って、国島が沖野に視線を送る。

「……なんだ。俺にも手伝えと言っているのか」

「自分では言い出しづらいかなと思ってね」と国島が白い歯を見せる。「七瀬さんをサポートしたいんじゃないか」

「いや、俺は……」

沖野が口を開きかけたところで、「いえ、大丈夫です」と舞衣は言った。沖野は今、ユリヤ王子の対応で手一杯だろう。邪魔をするのは本意ではない。

「もう一度、入江さんと話をしてみます。袖崎さんの過去を知っているかどうか確認した上で、今後の身の振り方を話し合いたいと思っています」

「沖野に同席してもらったらどうですか」

国島の提案に、舞衣は「まずは一人でやってみます」と答えた。

舞衣は視線を感じ、隣を窺った。沖野は鳶色《とびいろ》の瞳で舞衣を見つめていた。

「えっと、何か？」

「……なんか変じゃないか。いつもよりどことなく消極的に感じるな」

「先生がお忙しいことは重々承知していますので」

「それにしても、どうも雰囲気がな」と沖野が頭を掻く。「何かあったのか?」

ドキッと胸が震える。知らず知らずのうちに、昨夜の一件の影響が態度に表れていたのかもしれない。

王子からアプローチされていることを話したら、沖野はどんな反応をするだろう。

ふと、そんな疑問が脳裏を掠《かす》める。

それはすごいなと喜ぶだろうか。柄じゃないからやめておけと諭《さと》されるだろうか。そ

れとも……。

ぽこぽこと頭に浮かんでくる想像を追い払う。余計なことを伝えて、沖野と王子の関

係がぎこちなくなったら大問題だ。

心の動きを悟《さと》られぬように笑顔を作り、「雰囲気が変わったのは、成長なんですよ!」

と舞衣は明るく言った。

「成長、ねえ……」

「もちろん、困った時は全力で沖野先生を頼りますから!」

強く拳を握り締めてみせると、「そんなに自信満々に言うことじゃないだろう」と、

沖野は大きなため息をついた。

「それくらい信頼しているってことです」

いつもの感じに戻ったことに安堵しつつ、舞衣はコーヒーを口に運んだ。

6

十月二十一日、水曜日。この日は朝から雨だった。

糸のような雨が、音もなく建物や地面を濡《ぬ》らし続けている。舞衣は事務棟の玄関前で、物悲しいクラシック音楽と相性がよさそうなその景色を眺めていた。

腕時計《うでどけい》を見る。まもなく、午後二時になるところだ。彼は、本当に来るだろうか。

舞衣は今、入江を待っている。

「袖崎について伝えたいことがある」という旨の手紙を彼のアパートの郵便受けに入れたのは、先週の金曜日のことだ。メールを出してもどうせ見てもらえないので、古典的な方法を取った。

舞衣の携帯電話に見知らぬ番号から着信があったのは、日曜日の夜だった。電話の相手は入江だった。彼は焦燥感《しょうそうかん》の滲《にじ》む声で、「手紙を見ました。伝えたいことってなんですか」と訊いてきた。

「電話では言いづらいので、大学に来てもらえませんか」

そう返すと、入江はさして迷うことなく、「分かりました。じゃあ、水曜日に」と答えたのだった。その従順さに、舞衣は不穏な気配を感じた。袖崎のことを知りたくて仕方ないように思えたからだ。

彼との通話内容を思い出しながら待っていると、透明《とうめい》な傘を差した人影が視界に現れた。入江だ。

彼は舞衣に気づくと、歩く速度を上げた。

「ここで待っててくれたんすか」

「はい。部屋を取ってあります。こちらへ」

入江を連れ、いつもの小会議室に向かう。

舞衣が「どうぞ」と椅子を勧める前に、入江がテーブルにつく。やはり気が急いているようだ。

本題に入る前に、いくつか聞いておきたいことがあった。「今日はずっと家に？」と舞衣は尋ねた。

「そうです。研究の手伝いがオフの日なんで」

「あれからも、定期的に天波山に行かれているんですか」

「まあ、そうっすね。袖崎さんには、『もっと休んでいいよ』って言われるんですけど、やっぱ楽しいんで。山に行く日の朝って、目覚ましを掛けなくても自然に目が覚めちゃうんですよね」

そう語る入江の表情は明るい。心から「研究活動」を楽しんでいるようだ。

「作業はビニールハウスの中で行うんですか」

「いや、山の中を歩き回る時間の方が長いっすね。いろんな植物を集めてくるのが俺の役目なんで」

なるほど、と舞衣は思った。入江は天波山の斜面で目撃されている。あれは、採取作業の最中だったらしい。

「具体的にはどういう植物ですか？」

「そこらの雑草とか、木に絡まってる蔓《つる》とか、そんな感じっすね。水も肥料も無しにグングン育つような植物を探してるんです」

「砂漠緑化に適した植物が、天波山に自生しているんですか？　乾燥しているわけではないでしょう」

「その辺の専門的なことはまだ教えてもらってなくて」と入江が腕を組む。「袖崎さんが試しているのは、植物にストレスを与える方法みたいです。水を減らしたり有害な薬剤をわざと与えたりして、突然変異を起こさせるんです」

「あ、もしかして！」と舞衣は手を打った。「農学部の実験室に無断で立ち入ったのは、袖崎さんの指示だったんですか」

「は？　全然違いますけど」と入江が顔をしかめる。

「浦賀先生の研究室では、植物に人為的に遺伝子改変を加える研究を行っています。それを知り、実験装置を使おうとしたんじゃないんですか」

思いついた仮説をぶつけると、入江は「それは……」と視線を逸らした。

「図星《ずぼし》なんでしょう」と畳み掛ける。

入江はしばらく黙り込んだあと、「……別に、袖崎さんに頼まれたわけじゃないんで」と舞衣の方を見ずに言った。

「じゃあ、自分で判断してやったんですか」

「……やったって言うか、興味があって見に行ったたって言うか」

「あわよくば使おうと思っていたんじゃないですか。機器のマニュアルはインターネットで入手できます」

「そんなの別にどうだっていいじゃないっすか。もう済んだ話でしょうが。使ってないし、使う気もないです」

入江はふてくされ始めていた。その態度を改めさせなければ、と感じたが、今日の本題は別にある。

「袖崎さんとはどこで知り合ったんですか」と舞衣は質問した。

「……それ、言う必要あります?」

「あるから伺っているんです」普段出さない、低い声で舞衣は言った。「人に言えないような、いかがわしい場所だったんですか？」

「別に言えますよ。〈ツリーズ〉で声を掛けてくれたんです」

ツリーズは、SNSの一つだ。自分のアカウントでメッセージを投稿すると、読者登録しているユーザーの画面にそれが表示される仕組みで、メッセージにコメントを付けたり、他のユーザーに広めたりできる。基本的な機能は、一般的に使われるSNSとほぼ同じだ。やり取りの内容がツリー状に表示されるので、多人数での議論に適しているとされている。

「具体的にはどういう経緯だったんですか」

「……あんまり話したくないんですよね、そのことは」

「大事なことなんです」と舞衣は言葉に力を込めた。

入江はため息をつき、何も書かれていないホワイトボードに目を向けた。

「……俺、ツリーズはストレス解消に使ってたんですよね。誰が読んでるのか気にせずに、愚痴《ぐち》ばっかり垂《た》れ流してたんです。……あれは八月の終わりくらいだったかな。俺のくだらない駄文《だぶん》に反応してコメントをくれた人がいて。まあ、それが袖崎さんだったわけですけど」

「それが出会いのきっかけだったわけですね。彼のコメントというのは、どういうものだったのでしょうか」

「『鬱憤《うっぷん》が溜まってるんなら、話を聞くよ』って言ってくれたんですよね。たぶん、それくらい俺の書き込みは病んでたんだと思います」

「それに対して、入江さんはどう返したんですか」

「別にこっちに損はないし、いい人そうだったから、『じゃあ』ってことで思いっきり愚痴りましたけど」

「愚痴というのは、現状に対する不満ですか」

「覚えてないっすよ、そんなこと」と入江が首を振る。

「具体的な表現は説明しなくて構いません。内容だけでも話してみてください」

「……まあ、『もう生きててもしゃーない』とか、『世の中に面白いことなんて一つもねーよ』とか、そんな感じだった気がします」

「それに対する袖崎さんの反応はどうでしたか」

「なんすか。やけに詳しく知りたがりますね。まるで刑事みたいだな」

「必要だと感じたので聞いています。どうだったんですか」

「えっと……『楽しいことはいくらでもある。それを教えるよ』って言って、会いに来てくれたんです。それで初めて、袖崎さんが四宮に住んでるって分かったんですけど」

　舞衣は眉をひそめた。

「……ネットで知り合った相手に住所を明かしたんですか」

「いや、俺だってさすがにそこまで無防備じゃないっすよ。近所のファミレスですよ」

「直接会って、どんな話を？」

「そりゃ当然、砂漠緑化のことです。ものすごく熱心に語って、『一緒にやらないか』

って誘ってくれたんです。そんな風に言われたら、断るわけにもいかないでしょ」

「入江さんは経済学部ですよね。自然科学への興味は前からあったんですか」

「いや、全然。だから、袖崎さんに会って初めて『面白そう』って思ったんすよ。っていうか、そもそも経済がやりたかったわけじゃないですし。特に行きたい学部もなくて、親に勧められたのが経済学部だっただけなんすよ。だから、初めて自分でやりたいことを見つけた、って気持ちでした。袖崎さんに出会えたことは、めちゃくちゃラッキーだったと思ってます。出会えてなかったら今頃どうなってたんだろ、って不安になるくらいっすよ」

言葉を重ねるたびに、入江の口調が熱を帯びていく。袖崎に強く心酔《しんすい》している様子が手に取るように分かる。

袖崎の過去を明かすかどうかは、入江の話を聞いてから判断しようと決めていた。やはり、伝えないわけにはいかないようだ。

舞衣は咳払《せきばら》いしてから、「実は、気になることを知り合いから聞きまして」と切り出した。

ゆっくりと、言葉を選びながら袖崎に逮捕歴があることを説明する。その間、舞衣は入江の様子をじっと見守っていた。

事実を一つ明かすたびに、彼の表情は険しさを増していく。どうやら、大麻のことは知らなかったらしい。

ひと通り話を終え、「どう思われましたか」と舞衣は水を向けた。

「……いや、まあ、驚きはしましたけど……。でも、昔の話ですし。それを今さら蒸し返してどうこうっていうのは、なんていうか、ダサい気がします」

入江は自分に言い聞かせるようにそう話し、テーブルに手を突いて立ち上がった。

「俺は、新しい世界を見せてくれた袖崎さんに感謝してます。大事なのは今じゃないっすか。そうでしょ」

「それは……」

「俺を大学に復帰させたいんでしょうけど、もう経済には興味ないんで」

入江は捨て台詞《ぜりふ》と共に部屋を出ようとする。

「待ってください」と舞衣は腰を浮かせた。

「なんすか。もう充分でしょ」

「入江さんの現状を、ご両親は把握されているんですか?」

途端に入江が黙り込む。どうやら何も話していないらしい。

「欠席が続くようであれば、ご両親に連絡せざるを得なくなります」

「いや、親は関係ないでしょ」

「どうしてそんなことが言えるんですか？　学費や生活費を出しているのは親御《おやご》さんじゃないんですか」

「それは……まあ……」

「将来のことを自分で決めるのは結構です。しかし、その前にちゃんと段階を踏む必要があるのではないですか。親御さんと話し合うべきです。あなたにはその責任があると思います」

「……分かりましたよ。じゃあ、近いうちに」

「約束ですよ。念のために言っておきますが、その場しのぎの嘘は通じません。話し合いを持ったかどうか、ご両親に確認しますので」

「……そこまでします？　ホント、熱心ですね」

「ありがとうございます。それが私の仕事ですから」と舞衣は胸を張った。

入江は「ちゃんとやりますから」と半笑いで言い、部屋を出ていった。

閉まるドアを見届け、舞衣は大きく息をついた。自分の言葉が入江の心に届いたという実感は皆無《かいむ》だった。袖崎への信頼はほとんど揺らいでいないように見えた。

誰かに強い影響を受け、生き方を大きく変えること自体は問題ない。むしろ歓迎すべき、前向きな変化だと思う。ただし、その「誰か」が信頼できる人間ならば、という条件が付く。

袖崎は本当に信用できるのか。

今はまだ、何とも言えない。とにかくこの件に関しては、注意深く状況を見守る必要がありそうだ。

「長丁場《ながちょうば》になるかな……」

ぽつりと呟き、舞衣は明かりを消して小会議室をあとにした。

7

午前七時。沖野はいつもの時間に大学にやってきた。

教員室の前で足を止め、廊下の奥に目をやる。薄暗い廊下に、ぼんやりした四角い光が落ちている。予備実験室のドアのガラスから漏れてくる光だ。王子はすでに実験をスタートさせているらしい。

彼が大学に顔を出す時間は少しずつ早まっている。とうとう沖野を追い抜くようになってしまった。それだけやる気に溢れているということか。

教員室に入り、ノートパソコンを立ち上げる。メールソフトを起動すると、一通のメールが届いていた。差出人はユリヤ王子で、送信時刻は昨夜の午後十一時頃になっている。ホテルに戻ってから送信したのだろう。

王子には、二日に一度のペースで実験の進捗《しんちょく》状況を報告してもらっている。それを読んで今後の方針を議論するという形で研究を進めてきた。

メールに添付《てんぷ》されたレポートを開く。冒頭《ぼうとう》に、十数種類の化学構造式が矢印で繋がった図が載っている。王子がその全合成に挑戦している、リュナグラミドBの合成ルートだ。A→B→C→D→Eのように、順番に構造が変わっていく。

現在、合成はルートの中間地点まで到達している。今日のレポートでは、最先端の反応についての検討結果が書かれていた。既存《きそん》の化学反応の条件をそのまま適用できる、という結論が出たようだ。これでまた一段階合成が進むことになる。研究を始めてまだひと月だ。非常に順調に来ていると評価していいだろう。

——いや、順調すぎると言うべきだ。

王子のレポートに目を通しながら、沖野はそう思った。

実は、違和感はかなり前からあった。

この合成ルートは王子が提案したものだ。専門家である沖野の目から見ても無理のないルートだったため、特に修正することなく合成に着手してもらった。

冷静になって考えてみれば、そもそもこれが不自然だ。王子は大学で化学を学んでいたが、大学院には進学していない。その経歴を考えると、ルートが洗練されすぎているのだ。大学を卒業後に独学で化学のセンスを磨いたのかもしれないが、それにしても限度はある。そう簡単に全合成のルートを設計できるとは思えない。

間違いなく、この合成ルート設計には世界トップクラスの研究者が関わっている。それが、マイセン王国の研究機関に所属している研究者なら、おそらく王子はそのことを沖野に伝えたはずだ。だが、王子はルート設計に協力者がいたという話は一切していない。あたかも自分で考えたかのように振る舞っている。

単に見栄《みえ》を張りたいだけなのか。それとも、「言えない」理由があるのか。

その問いの答えは後者なのではないか、というのが沖野の直感だった。リュナグラミドBの合成ルートがそう語っているように見えるのだ。

標的物質を合成することは、登山に喩《たと》えられることが多い。頂上を目指し、登山家たちは思い思いのルートから山を登っていく。安全優先で、時間はかかってもリスクの低いルートを選ぶ者。とにかく効率重視で、転落の危険もあるルートを選ぶ者。ルート選択には登山家の個性が現れる。化学合成も同じだ。合成ルートが洗練されればされるほど、それを構築した人物の癖《くせ》のようなものが見えるようになる。ルートのどこかに、その研究者の十八番《おはこ》の化学反応が使われることが多いからだ。

そう考えると、このリュナグラミドBの合成ルートには、ある人物の特徴が表れているように感じられる。それも、あからさまにだ。まるで自分の存在を誇示《こじ》するかのように、オリジナリティのある反応条件が用いられている。

……やはり、これは……。

と、その時、教員室のドアがノックされた。立ち上がり、ドアを開く。そこにいたのはユリヤ王子だった。護衛の多華子の姿はない。

「おはようございます。どうされました」

「折り入ってお話ししたいことがありまして。少しお時間よろしいでしょうか」

「ええ、もちろん。お掛けください」

王子と向かい合わせにソファーに座る。

「お送りしたレポートは読んでいただけましたか」

「はい、つい先ほど。非常に順調だと思います。誇張なしに、殿下の技術の高さに感心しております」

「まだ簡単な反応ばかりですから」と王子が微笑む。

「確かに、合成の山場はまだ先でしょう。その反応が失敗に終われば、全体の合成ルートを見直す必要が出てきます」

沖野は率直に言った。リュナグラミドBの合成ルートは直線的だ。ベースとなる物質の構造を変える形で進んでいく。言ってみれば、狭くてまっすぐな階段を上がっていくようなものだ。途中で道が途切れてしまえば、引き返すしかなくなる。

「お話というのは、今後の合成方針についてでしょうか」

「……いえ。そうではありません。実は、沖野先生に謝罪しなければならないことがあります」

王子の表情は神妙だ。沖野は姿勢を正し、先を促《うなが》すように軽く頷いてみせた。

「リュナグラミドBの合成は、もう打ち切ろうかと思っています」

それは思いがけない言葉だった。王子は合成にずっと熱中していたし、沖野との議論でも活発に自分の意見を口にしていた。少なくとも沖野の目には、飽きたり嫌になったりといった諦《あきら》めの兆候はなかった。

「理由を伺ってもよろしいでしょうか」

「リュナグラミドBという物質に興味を抱いていたのは本当のことです。それを合成したいという気持ちに嘘はありません。ただ、目的はそれを完成させることではありません。合成研究を通じて、沖野先生の指導を受けることにありました。それも、遠慮のない本気の議論を求めていました。だから、私も最大限の努力をしてきたのです。手を抜けば、先生を失望させかねませんから」

「私の指導、ですか……」

「はい。その目的が充分に果たされたと感じたので、こうして中止の提案をしています。

私が研究を続けていると、沖野先生の研究の速度が鈍《にぶ》ってしまうでしょうから」

王子は真顔でそう語り、そこでふっと表情を緩めた。

「私は今回の来日で、いくつかの目標を設定しました。その中の一つに、『王立科学研究所の中心となる人物を見つけること』があります。いえ、正確には『見つける』ではなく、『見定める』と言うべきでしょう」

話の流れで、王子の言わんとすることが分かった。「見定めの対象が、私なのですね」と沖野は言った。

「はい、そうです。実際にお会いし、共に研究活動を行い、議論を重ねたことで、確信できました。沖野先生は、研究所の長《ちょう》にふさわしい指導力をお持ちだと感じました。まさしく、私が求める人材です。ぜひ、マイセン王国の科学研究力を押し上げる手伝いをお願いしたいと思います」

王子は沖野の顔をまっすぐに見据《みす》えながらそう言った。

「大変光栄なお話だと思います」と沖野は王子の視線を受け止めた。「しかし、気に掛かる点があります。どうして私なのですか？」

「それは、沖野先生が卓越《たくえつ》した能力の持ち主だからです」

「どうしてそう思われたのでしょうか？　私は決して世界的に名の知れた研究者ではありません。これは謙遜《けんそん》ではなく事実です。学術雑誌の中でも特に注目度の高い、いわゆるトップジャーナルに掲載《けいさい》された論文はこの一年で一報だけです。四十歳以下に限定しても、私より多く論文を出している研究者はいくらでもいます。論文数が必ずしも研究者としての能力を決めるわけではありませんが、彼らではなく私に着目されたことには何らかの理由があるはずです」

納得できない部分について、沖野は遠慮なく疑問をぶつけた。

王子はふっと息をつき、「ひょっとすると、沖野先生はすでにその答えにお気づきなのではないですか」と言った。

「仮説はあります。私を殿下に推薦した人物がいたのではありませんか」

「さすがですね」と王子が微笑む。「では、それがどなただったかも、もうお分かりなのでは？」

「思い当たるのは、一人しかいません。私の恩師である村雨不動でしょうか」

「その通りです」

ユリヤ王子は迷う様子もなく、即座にそれを認めた。やっぱりな、というのが沖野の感想だった。村雨は東理大を定年退職したあと、世界各地で講演会を開いてきた。ノーベル化学賞の受賞者である彼は、どの国でも丁重《ていちょう》にもてなされたという。王族と面識があっても不思議ではない。

「講演会でマイセンにいらした際に、『王立科学研究所を任せられるような研究者をご存じありませんか』と村雨先生に尋ねたのです。そこで推薦してくださったのが、沖野先生だったのです」

王子の説明で、ずっと心にくすぶっていた違和感が解消された。

「殿下が私の研究室に見学にいらしたのは、七瀬くんの推薦があったからと伺いました。その部分については、殿下のご意向は働いているのでしょうか」

「いえ、こちらからお願いする前に、すでに沖野先生の研究室に決まっていました。そのことで沖野先生への期待はさらに高まりました。周囲から評価されていなければ、見学先に推薦されるはずがありませんから」

「七瀬くんが私を過大評価しているという面はありますが」と沖野は苦笑した。

「そうでしょうか？　沖野先生は、周囲から『Mr．キュリー』と呼ばれているそうですね。そんなあだ名がつくほど信頼されているのではありませんか」

「どうなのでしょうね。自分ではよく分かりません」

「いずれにせよ、私としては沖野先生に王立科学研究所の所長に就任していただきたいと考えています。いかがでしょうか」

王子が期待に満ちた視線を向けてくる。沖野は「すぐに返事をすることは難しいですね」と首を振った。

「それはつまり、受諾していただける可能性もあるということですか」

「……それは、なんとも……」

「ああ、すみません。無理にこの場でご決断いただく必要はありません。まだマイセンに帰るつもりはありませんので。じっくりお考えください」

ユリヤ王子は柔らかい口調で言い、ソファーから腰を浮かせた。

「今日と明日の二日で、実験室を片付けます。合成した化合物はすべて保存しておきますので、ご自由にお使いください」

「一つ、お伺いしたいのですが」と沖野は立ち上がった。

「ええ、何なりと」

「殿下は帰国後はもう実験は行わないのでしょうか」

「残念ですが、そのつもりです」と王子は眉根を寄せた。「研究の楽しさはよく分かっています。このひと月ほど、大学時代に感じた熱情を味わうことができました。できることならば、研究者になりたいとさえ思います。しかし、私はマイセン王国の第一王位継承者です。王になるべく育てられてきましたし、その期待に応える義務があると思っています。科学を愛する王として生きていきますよ」

ユリヤ王子は静かにそう語り、「では、失礼します」と教員室をあとにした。

沖野はソファーに腰を下ろし、天井を見上げて大きく息を吐き出した。

やはり、自分の直感は正しかったようだ。すべての発端《ほったん》は村雨だったのだ。

沖野は上着の内ポケットに手を入れ、携帯電話を取り出した。本人に事情を訊かねばならないだろう。

まだ午前七時過ぎだ。誰かに電話をするにはやや早い時間帯だが、そもそも相手が日本にいるとは限らない。時差を考えれば、いつ電話をしても同じことだ。

登録してあった番号に発信する。この携帯電話は、四宮に来た時に購入したものだ。身の回りにいる人間の大半がスマートフォンに切り替えているが、沖野は未だに二つ折りのいわゆるガラケーを使っている。

そういえば、村雨に電話をしたことがあっただろうか？　呼び出し音を聞きながら、沖野は素朴《そぼく》な疑問を覚えた。

思い出そうとしたが、記憶に引っ掛かるものが何もない。もしかしたらこれが初めてなのかもしれない。

そんなことを考えていた時、「やあ、久しぶり」と明るい声が聞こえてきた。

村雨の声は比較的高く、そして不思議と胸に響く。人心《じんしん》を掌握《しょうあく》することに長《た》けた声だと沖野は思っている。おそらく政治家になれば、演説だけで多くの支持者を集めることができるだろう。

「ご無沙汰《ぶさた》しております。すみません、いきなり電話をしてしまって。今、お時間大丈夫でしょうか」

「ああ。こっちは午後二時半だ。学会に顔を出すためにアメリカに来ていてね。ちょうどティーブレイクの時間だよ」

「相変わらずお忙しいみたいですね」

「これは趣味だよ。仕事じゃない。だから、忙しいという表現は不適切《ふてきせつ》だね。僕なんかより、沖野くんの方がずっと忙しいんじゃないかな」

「……こちらの状況をご存じなのでしょうか」

「ユリヤ殿下のことかい？　もちろん知ってるよ。殿下から、来日の予定を知らされていたからね。リュナグラミドBの合成は順調かい」

「ルートの半ばを過ぎようとしているところです。やはりあれは、村雨先生がお考えになったものだったのですね」

「いや、違う。最初のアイディアは殿下がご自分で提案されたんだ。僕はそれに対し、現実的に実施可能な反応を当てはめただけさ。殿下には非凡《ひぼん》なセンスがあるようだ。惜しいね。研究者を目指せば、それこそノーベル化学賞を受賞できたんじゃないかな」

「確かに、会話の中で才能を感じる場面は多いです。ただ、殿下はもう合成を打ち切るおつもりのようです」

「ああ、『評価』が済んだんだね。そうだろうと思ったよ。じゃなければ、君が僕に電話をするはずがないからね」と村雨は嬉しそうに言い、「で、何を知りたいのかな」と跳ねるような声で訊いた。

「なぜ、俺を推薦されたんですか」

「そのことかい。じゃ、逆に訊くよ。どうしてだと思う？」

「……能力のみで決めたとは思えません。先生の教え子の中には、俺よりも活躍している人間がいくらでもいます」

「活躍というのは論文の数かい？　それとも組織の中でのポジションかな。どちらも個人の能力とはそこまで関係ないと思うけどね、僕は」

「先生の意見は理解できますが、王立の研究所のトップともなれば、経歴が重要になるでしょう。『分かりやすい実績』が必要であるはずです。その観点で言えば、俺は明らかに不適格です」と沖野は反論した。

「なるほど。それは一理あるね」と軽く応じて、「で、さっきの僕の質問の答えは？」と村雨は再び尋ねた。

「……一つ挙げるとすれば、自由度でしょうか。俺は独身で、すでに東理大を離れています。しがらみの少なさでは上位に来ているはずです」

「うん、まあ、百点満点中の五十点の答えかな。まず、殿下のご希望として、『若くて有能で、自由な発想ができる研究者』というのがあった。殿下は、『現時点での実績は問わない』とおっしゃったんだ」と村雨が明かした。

それを言わずにあんな質問をするのはアンフェアではないか、と沖野は思ったが、口には出さなかった。人を煙《けむ》に巻《ま》くようなやり口は村雨の十八番だ。まともに相手をすれば疲弊させられるだけだ。

「その評価基準に照らし合わせた結果、俺が選ばれたということですか」

「もちろんそれだけじゃない。さっき沖野くんが挙げた『自由度』も加味しているし、僕の個人的な気持ちも入っている」

村雨はリズミカルにそう説明し、「僕の方からも一つ質問をしたい」と言った。

「……ええ、どうぞ」

「東理大から移る先として四宮大を選んだ理由は何だったんだい？　君はその土地に何の縁もゆかりもないじゃないか」

「それは……」

「言いづらいかな」

「……正直に告白するなら、特に理由はありません。教員の募集《ぼしゅう》があった大学の中から、最も条件が良さそうなところを選んだだけです」

「条件っていうのはどういうものかな」

「給与は別にこだわりませんでした。それよりも、新規の研究室だったことが大きかったですね。一度、ゼロから自分で研究を立ち上げてみたかったので」

「ふむ、なるほどね。絶対に四宮大でなければならない理由はないわけだ」

「……そういうことになりますね」

「だったら、マイセン行きには何の支障もないんじゃないかな。王立科学研究所のトップに就けば、君のやりたい研究をいくらでもやれるよ」

「それは無理です。俺には指導している学生がいます。彼らを置いては行けませんよ」

「一緒に連れていけばいいじゃないか」と村雨はあっさりと言う。「海外留学のチャンスだと考えれば、学生にもメリットはある。学生はずっとマイセンにいなきゃいけないわけじゃない。学位を取ったら日本に戻ればいい。就職にもプラスになるだろう」

「いや、それは……」

「もし君が自分の実力に自信を持てないのなら、そこは問題ない。立場が人を作るからだ。トップに就任し、研究所を運営していけば自然に実力が身につくだろう。僕がそれを保証するよ」

　自信に満ちた口調で村雨がどんどん言葉を重ねてくる。まるで洪水《こうずい》だ。

　このままだと流されてしまいかねない。沖野はその場に踏みとどまるように、「立場が人を作るのなら、俺以外の人間でもいいことになります」と切り返した。

「抵抗するね。ひょっとして、四宮に愛着が湧いたのかな」

　村雨の問い掛けに、一瞬だけ舞衣の姿が脳裏をよぎる。沖野はそれを振り払い、「そういうわけではありません。あくまで客観的な意見です」と冷静に言った。

するとと村雨がふいに黙り込んだ。通話が切れたわけではない。静かな息遣いが聞こえてくる。

じっと耳を澄《す》ませていると、「僕はね、君に飛躍してほしいんだ」と村雨は囁くように言った。「四宮大に移ってからの君の研究、はっきり言って物足りない」

「……どのあたりがでしょうか」

「研究テーマを貫《つらぬ》く『柱』が見えてこないんだ。定年までに何を成《な》し遂《と》げようとしているのか。そういう大局的な目標がぼんやりしている。学生の希望や資質に合わせて、その場しのぎで研究テーマを決めているようにしか見えないよ」

村雨の指摘に沖野は奥歯を噛んだ。こちらの迷いを完全に見抜いている。さすがの眼《がん》力《りき》と言うしかない。

沖野は今、「天然物の応用」というコンセプトを掲げて研究活動を行っている。自然界から産出される天然物は複雑な構造を持ち、それゆえに研究者の合成のターゲットとなってきた。難しいものを誰よりも早く作るという競争が長年にわたって繰り広げられてきたのだ。

その研究から見つかった化学反応が他で応用されたケースはもちろんある。しかし、大半は「ただ作っただけ」で終わっている。「それを作って何の意味があるのか？」という問いを無視し続けていると言ってもいい。

その状況に一石を投じたい。そんな気持ちで、沖野は天然物の応用という概念を導《みちび》き出《だ》した。

その方向性自体は間違っていないという感触はある。ただ、今はまだ、思い描いているような成果を出せていない。国内外の研究者と協力し、自分たちと異なるフィールドで天然物を利用することを模索しているが、研究テーマとして具体化させるところまでは行っていないのが実情だった。

「沖野くん。僕は君のポテンシャルを信じている。それを発揮するのに時間が掛かっているのは、やはり環境のせいじゃないかな。別に、殿下のオファーを受けなくてもいい。ただし、君が一番輝ける場所を模索することは忘れないでほしい。本当に四宮大でいいのか、じっくりと考えてみなよ」

「……分かりました」

「じゃ、またね。答えが出たら電話してよ」

最後は軽い調子で言って、村雨は通話を終わらせた。

携帯電話をポケットに戻したところで、沖野は自分が立っていることに気づいた。いつの間に立ち上がったのだろう。まったくの無意識だった。

そのまま窓際に向かい、ブラインドを上げて外を見た。理学部一号館はキャンパスの端だ。見慣れた四宮の街の景色がそこにあった。

東京から移り住んで、もう四年半が過ぎた。暮らしにはとっくに慣れているが、固執《こしつ》するほど気に入っているかというと微妙だ。離れられないわけではない。

安定した環境を変えるには、大きなエネルギーが必要になる。そのエネルギーを生み出す源《みなもと》になるのは、想像力だ。変化したあとの自分を想像した時、そこに希望を感じられれば、動き出そうという気力が湧いてくる。

もし、自分が王立科学研究所に移ったら、どんな日常が待っているだろうか。何もかもが自分の思い通りになり、新しいアイディアが湯水のように湧いてきて、世の中を大きく動かすような成果を出せるだろうか。

沖野はその未来について可能な限り具体的に思い描きながら、しばらく外の景色を眺め続けた。

Chapter 3

1

十月二十五日、日曜日。舞衣は午前九時過ぎに自宅を出た。

エレベーターに乗り込んだところで、鏡に映る自分の姿が目に入った。

今日は、肩の部分がレースになった白のブラウスと、ダークブラウンの膝丈のスカートという服装だ。足元は昨日買ったばかりのメタリックパンプスで、シンプルなピンクゴールドのネックレスも身につけてみた。コーディネートのコンセプトは、「憧《あこが》れの人との初めてのデート」だ。なるべく上品かつ愛らしく見えるように頑張ってみた。

「……まあ、悪くはないかな」と呟いたところで、エレベーターが一階に到着する。

マンションの玄関を出ると、そこに黒塗りの車が滑り込んできた。運転席には多華子の姿がある。

彼女は車を降りると後部座席に駆け寄り、ドアを開いた。「おはようございます」と、ユリヤ王子がにこやかに手を上げる。

「おはようございます」と舞衣は微笑み、ドキドキしながら王子の隣に腰を下ろした。

「今日のお召し物はとても素敵ですね」

「ありがとうございます。今日はよろしくお願いいたします」

「すみません、せっかくの休日に」

「いえ、どうかお気になさらないでください。殿下のご希望でしたら、喜んでどこにでも参ります」

今日は王子と共に、四宮市内を見て回ることになっている。王国の未来を考えるためには、四宮を知らなければならない——。彼の母親が遺したその言葉を解読するヒントを得るためだ。

「では、出発いたします。まずは、海の方に向かいます」

起伏《きふく》のない声で言い、多華子がゆっくりと車を発進させた。斜め後ろから見える彼女の表情は硬い。舞衣を歓迎する気がないのは明らかだった。

多華子はおそらく王子に想いを寄せている。そんな彼女には悪いが、遠慮するつもりはなかった。むしろ、王子と心を通わせているところを多華子に見せつけなければ。舞衣は今日、そんな決意を胸に秘めていた。

「沖野先生から伺いました。合成研究は休止されるそうですね」

「ええ。今後は大学の方へ足を運ぶことはありません。長い間実験室を占領してしまい、申し訳ありませんでした。安全管理や機密保持などでご迷惑をお掛けしたことをお詫《わ》びします」

そう言って王子が頭を下げる。

「そんな、もったいないお言葉です」と舞衣は慌てて言った。「何も迷惑なんてしていませんから」

「皆さんのおかげで、このひと月ほど、とても楽しい時間を過ごせました。向こうで大学に通っていた時は、どうしても王族としての振る舞いを心掛けねばなりませんでした。ですが、四宮大学にいる時、私は科学を学ぼうとする一人の人間でした。自分の立場を忘れ、ただ目の前の化合物のことだけを考える。そういう経験は、人生で初めてのことでした」

「そうでしたか。研究を休止する判断を下されたのは、目的物の合成を達成する目処《めど》がついたからでしょうか？」

「いえ、そうではありません。ご協力いただいた皆さんには申し訳ないのですが、研究活動はある目的のための手段でしかありませんでした。その目的はある程度果たせましたので、研究を打ち切ることにしました」

ちらりと好奇心が疼く。自分には関係のない話かもしれないと思ったが、訊かずに済ませるとももやもやしたものを抱えることになりそうだ。不遜を承知で、「その目的がどういうものなのか、伺ってもよろしいでしょうか」と舞衣は尋ねた。

「……舞衣さんは、沖野先生と親しくされているのですか」

王子が舞衣の目を見つめながら訊く。舞衣はちらりと多華子の方を見やってから、

「大学ではよく話をする方だと思います。学校の外で会うことはほとんどありませんが」

と答えた。

「しかし、二人で数多くの謎を解決に導いてこられたんでしょう」

「……あの、そのことなのですが」と舞衣は眉をひそめた。「以前にもおっしゃっていましたよね。私たちのことを、どちらでお聞きになられたのでしょうか」

気になっていたことを舞衣は訊いた。以前、王子は沖野と舞衣のこれまでの活動について言及していた。その際、彼は「噂を耳にした」と説明していたが、明らかにこれは不可解だ。トラブルの解決にまつわるエピソードが、海を越えてマイセン王国にまで伝わるとは思えない。

「実は、ある方に教えていただいたのです」

「日本にいらっしゃってからお聞きになられたのですか」

「いえ、その前から知っていました。答えは沖野先生がご存じだと思います。先ほどの『目的』のこともそうです。もし気になるようでしたら、先生と話してみるといいでし

ょう」

「……分かりました。近いうちに」

ユリヤ王子からは、甘い花の香りがする。思わず顔を寄せたくなるような、繊細《せんさい》で上品な香りだった。

こうして近くにいると、頭がぼんやりしてくる。理性を忘れてしまいそうなほど、王子のそばにいると心が安らぐ。それが、彼の持つ天性の資質なのだろう。

多華子の精神力はすごいな、と舞衣は思った。彼女は自分の気持ちを押し殺し、護衛の任務に徹しようとしている。それでも完全に気持ちを隠しきれていないのは、王子がそれだけ魅力的だということだろう。彼女を責めるべきではない。

今日の目的は視察だ。王子とのデートではない。舞衣は口呼吸に切り替えて匂いを鼻から追い出し、王子から離れた。

言葉を交わしている間に、車は高速道路に乗っていた。市の中心部から南へ延びている道で、途中で湾岸《わんがん》に沿って東西に分岐《ぶんき》する。ほぼ全線が高架《こうか》なので、街の様子がよく分かる。

二十分ほどで海が見えてきた。内海《うちうみ》なので波は穏やかだ。数艇《てい》のヨットが波を切って進んでいる。

「四宮市はマリンスポーツが盛んなのでしょうか」

「それほどでもないですね。ヨットやボートを楽しむ方はいますが、その程度です。市としては、設備を充実させてもっとマリンスポーツを盛り上げようとしています。かつては造船業で栄えた都市ですので、海洋への愛着が深いのだと思います」と舞衣は答えた。王子から与えられた謎を解くために、いくつも資料を読み込んでいる。四宮に関する質問ならだいたいなんでも答えられる。

「造船に力を入れていたのですね」

「はい。他国との競争に負けて造船所が次々と移転したため、今はもう船は作られていませんが」

「それでも、文化としては残っているということですね。マイセンは、あまり海へのこだわりはありませんね。遊べるような施設は皆無です。やはり我が国の最重要事項は科学ですから、工場や港、研究関連施設ばかりです」

「その方針を転換して、もっとレジャー面にも力を入れた方がいい……ということでしょうか」

「どうでしょう。私には判断がつきかねます。舞衣さんはどう思われますか？」

「……しっくりこない、というのが正直なところです」と舞衣は答えた。

四宮について調べる傍ら、舞衣はマイセン王国についても学んできた。国と市を比較するのは若干無理があるが、科学方面についてはマイセンが上だ。一方、文化や産業においては、四宮の方が進んでいるところもある。

ただ、マイセンに勝っている分野があるとはいえ、四宮市が日本一というわけではない。「日本を参考にしなさい」ならともかく、亡くなった王妃は「四宮を知れ」と言っているのだ。やはり、四宮にしかない特徴を見つけ出さなければならない。

たぶん、ユリヤ王子も同じ気持ちなのだろう。研究活動を打ち切ったのに、まだ四宮に滞在を続けるつもりだと言っていた。

そのまましばらく走り、港の近くで高速道路を降りる。

街並みを見れば何かを思いつくかもしれないということで、ここからは一般道を使って北上することにする。

「そういえば、日本では野球が盛んでしたね」

「あ、はい。世界でも有数だと思います」

「複数の球団があり、この街にも本拠地があるのでしょう」

「ええ。それは大きな特色と言えます」

地方都市に本拠地を置く球団はいくつかあるが、それらと比較すると四宮市は規模が小さい。それにもかかわらず、二十数年前までは四宮市に二つもプロ野球の球団があった。そのうちの一つは親会社が替わり他の都市に移転したが、もう一方は今も残っている。プロ野球黎明期《れいめいき》から存在するチームで、熱狂的なファンも多い。

「マイセン王国には、野球の文化はないと理解していますが」

「そうですね。スポーツといえば、サッカー、そしてバスケットボールですね」と王子が言った。英語の部分だけ、発音が日本語ではなく英語になる。さすがに流暢だ。

「まさか、野球を根付かせるというのが答えなのでしょうか？」

「さすがにそれはないと思いますが」と王子が苦笑《ふく》する。「母はあまり運動は得意ではなかったと聞いています。本を読み、想像を膨らませるのが好きだったようですね。十代の頃は小説家を目指していて、文章を書くこともあったと言います」

「そうだったのですか。殿下はお母様の作品を読まれましたか？」

「いえ、一度もありません。遺品からも見つかっていないので、ずいぶん前に止めてしまったのでしょう」

「……お母様の実家に残っている可能性はありますね」と舞衣は呟いた。

その辺の事情もひと通り調べてある。王妃は結婚を機に、両親を連れてマイセンに渡っている。生家は長らく空き家のままだが、取り壊《こわ》されてはいないそうだ。親族が管理しているという。

「殿下は、そちらに足を運ばれたことは？」

「いや、ありません。マイセンに渡ってからは、母は日本の親族と疎遠になったようです。招待したこともあるのですが、応じた方は一人もいません」

マイセン王国は遠い。呼ばれたからといって気軽に出掛けられるような場所ではない。しかも観光ではなく、王族からの招待なのだ。

「そうですか……。お母様のご両親は、今は……」

「二人とも健在です。すっかりマイセンでの生活に馴染んでいて、楽しそうに暮らしていますよ」

　舞衣は安堵の吐息をついた。今の質問が礼を欠いたものであるという自覚はあった。家族が存命かどうかを尋ねるのは、マナー違反と言われても仕方のない話題だ。ただ、王妃の両親の情報はインターネットを調べても出てこなかった。だから、王子に直接確認したのだった。

「お二人は、お母様の遺された謎のことをご存じなのでしょうか」

「尋ねましたが、『分からない』と言われてしまいました。親子の仲は悪くなかったようなので、母にとっては両親に伝えるほどのことではなかったのでしょう」

「となると、些細な気づきなのでしょうか」

「ありえますね」と王子が神妙に頷く。「……母の想像力が生み出した、誰も知らないような『気づき』……。それが答えのような気がしてきました」

　難しいな、と舞衣は思った。自分たちが求めている答えが個人の記憶や経験に基づくものであるならば、謎解きの難易度はぐっと高くなる。どれだけ資料を読み込んでも、そこに答えはないからだ。亡くなった王妃と同じ思考をたどり、同じ結論に行き着くことでしか答えが見えてこないだろう。正直なところ、短期間でそれが実現できるかどうかは分からない。

「……このあとは、予定通りの行動で構いませんか」

運転席から多華子が訊いてくる。車は北へと向かっている。予定では、天波山にある展望台を訪ねることになっていた。王妃が何度も足を運んでいたという場所だ。

「僕は構わないよ。舞衣さんはいかがですか」

「私も異論はありません」

四宮市は北に山、南に海、その間は平地という立地になっており、王妃は市の北部の出身だ。海や平地よりも、山の方に謎解きのヒントがありそうな予感はある。

「承知しました」

多華子は無感情に言い、少しだけスピードを上げた。

しばらくすると、見覚えのある道に入った。入江を追跡した時に通ったところだ。窓の外を流れる景色を見ていると、じわじわと不安が心に滲んでいく。

あれ以降も、入江は大学に顔を出していないようだ。彼は果たして、両親と話し合っただろうか。本人は「近いうちに」と言っていたが、まだ行動には移していないのではないかという気がする。

　このままだと、彼の親に連絡をして現状を伝えることになるだろう。まず、それを誰がやるのかという問題はある。庶務課は「何でも屋」的なポジションではあるが、何でもやっていいわけではない。猫柳に報告し、指示を仰ぐ必要がある。おそらく、学生の指導に関わっている教務課が担当すべき事案と判断されるだろう。

　できれば自分でなんとかしたかったが、このままでは他人に対応を任せることになる。仮にそれがルール的に正しい判断だったとしても、もやもやは残る。「あとはよろしくお願いします」とバトンを渡す前に、まだやれることがあるはずだ。

　木々が増えつつある景色を眺めながら、舞衣はどう行動すべきか考え続けた。

　カーブが連続する山道を走ること、およそ二十分。折り返しが何度か続く坂道を上った先に、開けた場所があった。展望台だ。

「思ったよりもずっと広いですね」と舞衣は言った。週末に車であちこちドライブに出掛けてきたが、展望台に来たのはこれが初めてだ。

「そうですね」と微笑み、王子は「多華子」と運転席に声を掛けた。

「舞衣さんと二人で見てくるよ。君はここで待っていてほしい」

「……ですが」と多華子が振り向く。表情は平板だが、声に戸惑いが透《す》けていた。

「周りには誰もいない。ここなら護衛の必要はないよ」

　王子がそう言うと、多華子は「承知しました」と前に向き直った。

「では行きましょう」

王子に促され、舞衣は車を降りた。ひゅっと吹いてきた風は思いのほか冷たい。ただ、日差しがあるのでそこまで寒さは感じなかった。

駐車場《ちゅうしゃじょう》には十数台分のスペースがあった。隅の方に自販機が設置されている。時々立ち寄る人がいるということだろう。天体観測かもしれない。ここなら星がきれいに見えるはずだ。

展望台は駐車場から延びた、二十段ほどの階段の上にあるようだ。王子と並んでそちらに向かう。

上がった先は半円形のウッドデッキになっていた。およそ一八〇度のパノラマだ。円弧《えんこ》を囲う木製の柵《さく》に近づく。

思わず、「わあ……」と声が出た。眼下には天波山の木々が広がっていた。ところどころ紅葉《こうよう》していて、赤・黄・緑の三色で描かれた点描画のようだった。

その向こうに四宮の市街地があり、さらに奥には海が見える。市内には十階を超えるような高い建物が少ないため、見渡してもどこがどの地区なのか分からない。電子回路めいた、均整の取れた街並みがそこにあった。

南に向かって延びているのは、高架の線路だろう。その左右に並ぶ小さなサイコロのような白い建物は倉庫か。さっきまで自分たちが走っていた高速道路も見える。

沿岸部の方は距離があるのでかすんでいる。それでも、陸地から突き出した橋の先にある人工島は見えた。あの島にマリーナがあり、ヨットやボートが係留《けいりゅう》されている。

向かって左手、南東方面に丸い建物があった。あれが野球場だ。試合のある夜にここに来れば、照明で浮かび上がって見えるだろう。

右手に目を向けると、隣接する神部《かんべ》市の街並みが視界に入ってくる。遠目にも、あちらの方が発展していることが分かる。明らかに高い建物が多い。

「素晴らしい眺めですね」と王子が陽光に目を細める。「母もこの景色を見たのでしょうね」

「ええ、きっと」

「ここにいると、まるで神になったような気分になりますね。雲の上から下界を見下ろす、全知全能の神です」

王子の言うことはなんとなく理解できた。圧縮され、手の中に納まるほど小さくなった街を眺めていると、不思議と愛《いと》おしさが込み上げてくる。この景色を大切にしたいという気持ちになる。

「お母様が何度も足を運んだ理由が分かったような気がします」

「嫌なことがあっても、簡単に忘れられるでしょうね」と王子が頷く。

日差しをいっぱいにあびた展望台は暖かく、本当に天国にいるようだった。

を見ていた。

舞衣は頬に風を感じながら、隣に佇む王子をちらりと見た。すると、王子も舞衣の方を見ていた。

目と目が合うと、王子はふっと真顔になった。

「今、この場所に立った瞬間、僕は小さな光を見た気がしました」

「……光、ですか」

「母の遺した謎の答えが分かったような気がしたのです。……いえ、『分かった』というよりも、『分かりそうな予感を覚えた』と言う方が正確でしょう。具体的なことは何も思いついていません。心の中に芽生えたのは、根拠のない期待感だけです」

王子はぽつりぽつりと、頭に浮かんだ言葉を丁寧にすくうようにそう語った。

「それは大切なものだと思います」と舞衣は言った。

「七瀬さんは、沖野先生と共に、これまでに数多くの謎を解いてきたのですね。どうでしたか？　このような感覚を抱いたことはありますか」

「はい。回数は多くありませんが」と舞衣は笑ってみせた。「閃《ひらめ》きの種を、どうか手放さないでください。種をじっくりと育てていけば、いずれそれは大きな花を咲かせるでしょう。求める答えはその花の中から生まれるはずです」

「ありがとうございます。気持ちが楽になったように思います」

王子が柔らかく微笑む。

やはり、答えは彼の中にあるのだ、と舞衣は思った。

自分がやるべきなのは、四宮市やマイセンについて調べることではない。王子が手にした種が芽吹き、育っていくのを手助けすることだ。多少遠回りになっても、結局はそれがベストなやり方ではないかという気がする。

「――ところで」と、王子がふいに柵に背を向けた。「多華子を見ていて、何か感じたことはありませんか」

舞衣は背後に視線を向けた。誰かが階段を上がってくる気配はない。多華子は王子の指示を守り、おとなしく車中で待機しているようだ。

「正直にお答えします。彼女は私に対して、敵意に近い感情を抱いているようです」

「なぜそう思われたのですか？」

「私に向ける視線の険しさと、苛立ちを感じさせる表情。この二点です」

舞衣は率直に答えて、「ただ」と柵に手を置いた。「殿下に近づく人間に対して警戒心を持つのは当然と言えば当然です」

「いえ、普段の多華子は相手にそれを気取《けど》らせないように立ち回るでしょう。いかなる時も冷静であることが護衛の基本です。心情を外に漏らすような真似《まね》はしません」

「今の彼女は落ち着きを失っているということでしょうか」

「そうなのでしょうね。普段、僕の周りにはもう何名か護衛が付いています。多華子一人だけというのは今回が初めてです。しかも、異国に長く滞在しているわけです。そのような状況で結婚のことを唐突に持ち出したので、冷静さを保てなくなったのでしょう。精神的に追い込まれつつあるのかもしれません」

多華子を苦しめるのは本意ではない。「……このまま、彼女を同行させるおつもりでしょうか」と舞衣は尋ねた。

「ある程度の軋轢《あつれき》は仕方ないと思っています。僕にはあまり時間がありません。少しでも早く結婚し、マイセンの民を安心させたいのです。そのためには、多華子に負担を掛けることも致し方ありません」

「そうですか……。私にできることはありますでしょうか」

「いえ。七瀬さんが気に病む必要はまったくありません。これは多華子の問題です。彼女が自分の力で乗り越えることを祈っています」

「では、このままでいいんですね」

「はい。七瀬さんは、結婚相手の第一候補です」と王子は言い切った。「場合によっては、日本にいる間に、具体的に婚姻《こんいん》の手続きを進めることも考えています。そのつもりでいてもらえますか」

「……分かりました」と舞衣は口元を引き締めた。

強いプレッシャーを感じるが、引き受けると決めた以上は最後までやり通すつもりだった。

ユリヤ王子も、多華子も、そしてマイセンの国民も、全員が幸せになれるような、そんな未来をなんとか実現したい。

舞衣は爽《さわ》やかな風の中、四宮の街を見下ろしながらそう強く願ったのだった。

2

翌日。舞衣は午前九時過ぎに愛車で自宅マンションを出発した。王妃の生家を訪ね、謎解きの手掛かりを探すためだ。

ユリヤ王子からの依頼を受けて動いているので、庶務課の業務と言えなくもないが、午前半休を取った。業務扱いにするには手続きが必要だからだ。どうせ有給休暇は余りまくっている。使ったところでどうということはない。

王妃の親族の連絡先は王子に教えてもらった。昨日の夕方に電話をかけ、「王妃の生家を見せてほしい」と頼んだところ、「いつでも構わない」と言われたので、こうして朝から向かっている。

昨日は素晴らしい秋晴れの一日だったが、今日は打って変わって曇り空が広がっている。しかも、かなり雲の色が濃い。下から棒《ぼう》でつついたら雨がドバッと降ってきそうな空だ。

亡くなった王妃——下里咲恵が暮らしていた家は、四宮市の北部、明比坂《あびさか》という地区にある。天波山の南西部にある集落で、標高はおよそ二〇〇メートルほど。現在は十数世帯まで人口が減っているという。三十年前の半分の水準だ。

ただ、当時も栄えていたわけではなく、地域には小学校しかなかった。そのため、咲恵は自転車で三十分かけて中学校に通っていたそうだ。

国道を北上しつつ、「……なんか、最近山ばっかり」と舞衣は呟いた。訪ねる場所は毎回異なるが、天波山周辺に何度も足を運んでいる。おかげで、途中まではもう完全に道を覚えてしまった。

カーナビの指示に従って国道を離れ、山へと入っていく。周りを走っているのは大型のトラックばかりだ。運送会社の車のようだ。山を迂回《うかい》するより早く北に抜けられるルートがあるのだろう。

道路は片側一車線で、右手に山肌、左手がガードレールなので圧迫感がある。道幅は他の道路と変わらないはずなのに、狭く感じてしまう。おかげで、カーブで対向車が現れるたびに「ぶつかる!」とひやひやさせられた。

緊張感のあるドライブは二十分ほど続いた。やがて、明比坂という道路標示を見つけた時には心底ほっとした。

トラックが行き交う道を離れ、林の中を上がっていく細い道に入る。曇っているので薄暗いが、晴れていても明るくは感じないだろう。高く茂《しげ》った杉が光を遮っているからだ。

野生動物が飛び出してくるのではと警戒しつつ進んでいくと、ぽつぽつと民家が現れ始めた。どの家も古く、こぢんまりしている。また、網戸《あみど》が外れていたり、庭に雑草が生い茂っていたりする。ずっと空き家のまま放置されているようだ。

山中であることを差し引いても、全体的に生活感が薄い。ひと気が感じられないせいだ。まるで廃墟《はいきょ》に迷い込んだかのようだった。

薄気味悪さを拭いきれないまま進んでいくと、真新しいミニバンが停まっている家があった。カーナビの音声が、「まもなく目的地周辺です」と告げる。あそこが王妃の生家のようだ。

道端に停車し、外に出る。家を見た感想は、「平凡だな」というものだった。少なくとも、一国の王妃になった人が暮らしていたとは思えない。

瓦屋根の二階建てで、壁に褐色《かっしょく》のトタンが張られている。地域の他の家と同じく、外観はくたびれている。道路から玄関までの距離はおよそ三メートル。敷地は腰くらいの高さの、木製の柵で囲われていた。庭は雑草を防ぐための黒いシートで覆われており、隅の方に空《から》のプランターが並んでいる。

玄関に向かおうとしたところで、ガラガラと音を立ててガラス戸が開き、三十代半ばの女性が出てきた。オレンジに近いような明るい茶色のショートカットで、お腹周りがぽっこりしている。彼女が白い服を着ていたので、思わず鏡餅《かがみもち》を連想した。大小二つの餅の上にみかんが載ったアレだ。我ながら失礼だな、と舞衣は思った。

「ああ、あなたが七瀬さん？」

「はい。四宮大学、庶務課の七瀬と申します」と舞衣はお辞儀した。「下里瑞穂《みずほ》さんでいらっしゃいますでしょうか」

「そうです。昨日、電話で話した者です。一応、この家の管理を任されてます。バツイチで出戻りで無職だからね。暇を持て余してるって思われたみたい」

そう語る瑞穂の表情は暗くはない。彼女なりに自由を満喫《まんきつ》しているようだ。ちなみに瑞穂は、王妃の姪《めい》に当たるそうだ。

「すみません、急にお邪魔してしまって」

「いえいえ。お気になさらず」と微笑んで、瑞穂は大げさに辺りを見回した。「今日は王子様は……」

「あ、いらっしゃいません。私だけです」

「そうなの。一度お目に掛かりたいと思っていたんだけど……まあ、仕方ないか」

「興味はおありのようでしたが……」と舞衣は家の方に目を向けた。

王妃の生家を訪問することを伝えると、王子は電話口で「行ってみたいですね」と明るく言った。ただ、そのすぐあとに彼の方から、「今回は止めておきます」という連絡があった。聞くところによると、多華子が強く反対したらしい。「安全が担保《たんぽ》できない」というのがその理由だったそうだ。

「王子に会ってみたい気持ちはあるんですけど、この家に上がってもらうのは気が引けますね。月に一度は掃除のために来ますけど、狭いし古いし空気が淀《よど》んでますもん」

「気にされないと思いますよ。ユリヤ王子は、お母様の思い出に触れたがっておられるようです。家の中に生前の痕跡《こんせき》があれば、きっと喜ばれるはずです」

「痕跡……ねえ」と瑞穂がふっくらした頬に手を当てる。「せっかく来てもらったんですけど、もう何もないかもしれないです」

「どういうことですか？」

「今朝、ウチの母と話をしたんです。家の中に、王子に差し上げるようなものはないかって。そうしたら、『ばあちゃんが全部捨てたから』と言われてしまって……。あ、ばあちゃんというのは、亡くなった咲恵叔母《おば》さんの祖母《そぼ》のことです」

つまり、ユリヤ王子の曽祖母ということか。

「捨てたというのは、いつのことでしょうか」

「もうずいぶん昔ですよ。咲恵叔母さんがお父さんお母さんと一緒にマイセンに移り住んだ直後くらいじゃないですか。だから二十五、六年くらい前になるかな」

服、布団、本、アルバム、教科書やノート、年賀状……王妃の祖母は、孫が部屋に残していったものを片っ端から処分したのだという。

「……どうして捨ててしまったのでしょうね」

「寂しさ……よりも怒りが強かったらしいです。元々、この家には四人で住んでたんです。咲恵さんとその両親、それと問題のお祖母《ばあ》さんの四人ですね。で、咲恵さんが王妃になって、両親もマイセンに移り住んで、お祖母さんは一人ぼっちになったんですよ。その恨《うら》みがあって、咲恵さんのものを捨てちゃったんじゃないですかね」

それは初めて聞く話だった。

「咲恵さんはどうしてお祖母さんを日本に残して行ったんでしょう……」と舞衣は眉根を寄せた。さすがにそれは情がなさすぎるのではないか。

「それはもう、そのお祖母さんが思いっきり拒絶したからですよ。むしろ咲恵さんは、なんとかマイセンに来てもらおうと、両親や親族と一緒に説得を頑張ってましたよ。私はまだ子供でしたけど、ウチの母と咲恵さんが真剣な様子で話し合ってるのを何度も見ましたから」

「それでも、お祖母さんは首を縦《たて》に振らなかったんですね」

「頑固でしょう？　でも、昔の人だから仕方ないです。そもそもお祖母さんは、咲恵さんの結婚に大反対していたみたいですよ。『外人と結婚なんかしたら、下里の血が汚れてしまう。末代《まつだい》までの恥だ』なんてことも言っていたとか……あ、これは王子には言わないでくださいね」

瑞穂の話を聞き、舞衣は暗い気分になった。昔は外国人を忌避《きひ》する感情が強かったことは知っている。それでも、具体的なエピソードとして聞かされると、やはり心が痛い。まるでユリヤ王子のことを罵倒《ばとう》されているような不快感があった。

王妃のものはもう残っていないという話だったが、せっかく来たので一応中を見せてもらうことにした。

玄関のガラス戸を開け、靴を脱いで廊下に上がる。王妃の祖母は五年前に九十三歳で他界しており、それ以降は誰も住んでいないという。その割には空気の淀みや埃《ほこり》っぽさは感じない。瑞穂の手入れのおかげだろう。

「咲恵さんの部屋は二階です。階段が急なので気をつけてくださいね」

瑞穂の案内で階段へと向かう。五段ほど上がったところで折り返す構造になっており、確かにかなり急角度だ。五〇度くらいはあるのではないか。

手摺《てすり》はないので、木の壁に手を突きながら上がっていく。その先は狭い廊下になっていて、右手に小さな窓が、左手に部屋が二つある。どちらも木の引き戸だ。

「咲恵さんは奥の部屋を使ってたみたいです」

下から瑞穂が大きな声で言う。

「入っても構いませんか」と確認すると、「ご自由に！」と返事があった。彼女は上がってくる気はなさそうだ。

きしむ廊下を進み、戸を開ける。そこは六畳の和室だった。

正面に窓があり、学習机がぽつんと置いてある。右手は押し入れ、左手に大人の背丈ほどのタンスがある。長く人が立ち入っていないせいか、微妙にかび臭い。

舞衣は窓のカーテンを開けた。それで室内がぱっと明るくなる。

まずは押し入れに近づき、ふすまを開ける。中は二段に分かれていたが、上も下も空っぽだった。続いて、タンスの中身も確認する。引き出しを順に開けていったが、紙切れ一枚残っていなかった。どの段もすっからかんだ。

腰を上げ、舞衣は「……徹底してるなあ」と呟いた。

家族の物を捨てるには、相当の踏ん切りが必要なはずだ。それをやり通すほど、咲恵の祖母の怒りは強かったのだ。

下里家の人々が、マイセン王国への招待を断っていた理由も分かった気がする。咲恵の祖母に気を遣っていたのだろう。元凶である祖母は他界しているが、不義理を重ねてきた後ろめたさから、未だに下里家はマイセンから距離を置いているようだ。いわゆる、日本語的に正しいとされる意味での「敷居《しきい》が高い」だ。

王妃の謎を解く手掛かりがあればと期待したが、どうやら無駄足に終わりそうだ。舞衣はため息を落として、窓際の学習机に近づいた。

机の表面に傷《きず》や落書きはない。多少色がくすんでいるが、今でも充分に使える。

引き出しを開けてみるが、何も入っていない。天板の下の引き出しはもう一つあった。無駄だろうと思いつつ引っ張ってみると、なぜか開かない。鍵はついていない。中で何かが引っ掛かっているようだ。

「……うーん、どうしようかな」

いったん部屋を出て、階下の瑞穂に確認を取る。引き出しが開かなくなっていることを彼女は知らなかったが、「壊れてもいいから思いっきりどうぞ」と言ってくれた。

それなら遠慮はいらない。舞衣は二階に戻り、力を込めて引き出しを引っ張った。

畳の上で踏ん張った瞬間、メギっという異音と共に引き出しが抜けた。

引き出しが外れ、畳の上に落下する。中のレールを見ると、上下に歪《ゆが》んでいた。それで開きづらくなっていたらしい。

「これ、戻せるかな……」

頭を掻きつつ、畳に落ちた引き出しに目を向ける。中に入っていたのは一冊のノートだった。表紙には何も書かれていない。

ひょっとしたら王妃のものでは？　期待しつつ開いてみるが、どのページを見ても白紙だった。

「あー、これも空振りかあ……」

落胆《らくたん》の吐息を漏らした時、ぽとりと何かがノートから落ちた。封筒《ふうとう》だ。間に挟まっていたらしい。

小型で薄い封筒だ。中を覗くと、二枚の写真が入っていた。

一枚は、何かの乗り物の座席に座る若い女性の写真だ。カメラに向かって笑顔でピースをしている。

彼女の顔立ちを見てすぐ、それが若い頃の下里咲恵だと分かった。目元がユリヤ王子にそっくりだ。

写真のアングルから、二つ並んだ座席の片方から王妃を撮影《さつえい》したことが分かる。撮影したのは同乗者だろう。ただ、ぱっと見ただけでは何の乗り物か分からなかった。座席の感じはタクシーに似ているが、ドアは見当たらない。王妃の背後の窓は台形で、一面が美しい水色に染まっていた。

「海……じゃないか。もしかして、空……？」

飛行機の中で撮影された写真ではないか。そう予想し、もう一枚の写真を見る。こちらは、上空から街を写したものだった。

かなりの高さから撮られたらしく、建物の詳細はまったく分からない。道路や川が、一ミリ以下の幅の線として写っている。もし一枚目が飛行機の中だとすると、フライト中に撮影されたものなのかもしれない。

もう一度ざっと室内を見回す。他に手掛かりはなさそうだった。舞衣は写真を持って一階に降りた。

瑞穂は玄関の上がり框《かまち》に腰を下ろしてスマートフォンを見ていた。

「あ、終わりました？」

「ひと通りは。それで、こんな写真を見つけたんですが、見覚えはありませんか」

舞衣が差し出した写真を見て、「あー、懐かしいな」と瑞穂は目を細めた。

「ご存じですか。写っているのは咲恵さんだと思うんですが」

「そうです、そうです。これは、咲恵さんがウチの母と一緒にセスナに乗った時のものです。三十年くらい前かな。叔母は結婚する前はツアーコンダクターだったんですけど、セスナの遊覧《ゆうらん》飛行のサービスを思いついて、それを会社に提案したんです」

「咲恵さんがご自身で提案を？」

「ええ。発想力が豊かな人でしたから」と瑞穂が誇らしげに言う。「その案が採用されて、試験飛行に母を誘ってくれたんです。この写真は、子供の頃に見せてもらったことがあります」

フライト中に撮った写真は他にもあり、瑞穂の母が持っているという。この二枚を収めた封筒は何かの拍子にノートに挟まり、そのまま忘れられたもののようだ。

「もう一枚の写真はどこの街でしょうか」

「ああ、これは四宮市ですよ。小さくて分かりづらいですけど、ほら、ここに運動公園が見えるでしょ」

写真を受け取り、顔を近づけてみる。確かに、公園内にある大きな池が確認できる。ということは、その隣にあるのは四宮大学か。そう思って見ると、ここが正門でここが講堂で……というようにちゃんと識別できるから面白い。

「咲恵さんは、写真について何か言っていましたか？」

「母からの又聞きなんですけど、『すごくいい経験になった、四宮がまた一段と好きになった』みたいなことを熱く語っていたみたいですよ」

「そうなんですか……」

このフライトは、王妃にとって特別な思い出だったようだ。彼女の遺した言葉と関係があるかどうかは分からないが、とりあえずユリヤ王子にも見せるべきだろう。

写真を持ち帰る許可を得て、舞衣は王妃の生家の調査を終えた。

3

十月二十九日の午前十時。舞衣が庶務課の事務室で仕事をしていると、卓上の内線電話が鳴りだした。

「はい、庶務課です」

「俺だ。沖野だ」

「どうされましたか」

沖野の方から電話があるのは珍しい。何か特別な用件があるのだ。そう思うと自然と背筋が伸びた。

「さっき、国島が俺のところに来た。袖崎について、追加の報告があるそうだ。国島は君が同席することを望んでいるんだが……どうする？」

「それはもう、何が何でも伺いますよ」と舞衣は即答した。

「そうか。じゃ、手が空いたタイミングで来てくれ。国島はしばらくここにいる」

「すぐ行けます。というか、先生も一緒に聞いてくださるんですか」

「そのつもりだが、何か問題でもあるのか？」

「いえ、この案件は私が対応に当たるべきかなと。沖野先生はコンプライアンス委員かつモラル向上委員ですけど、現時点では委員としての協力をお願いする段階ではないかなと思っているんですが」

「珍しいな。君がそんなことを言うのは」と沖野。「むしろ、いつもは強引に俺を巻き込むじゃないか」

「それは必要性を感じた時だけですよ」

「そうだったかな」

「私の中ではそういう認識です」と舞衣は言い切った。「もちろん、沖野先生に手を貸していただけるのであれば、諸手《もろて》を挙げて歓迎しますけど」

「……袖崎のことは、少し気に掛かっている。一応は顔見知りだ。かつての同級生が四宮大学の学生を惑わせているのなら、何らかの手を打たなければと思う」

「なるほど。そういうことなら、ぜひお願いします」

通話を終わらせ、舞衣はすぐさま事務棟を飛び出した。

キャンパスを小走りに歩いていると、鼻に雨粒《あまつぶ》が落ちてきた。続けて、ぽつぽつと雨が降り始める。それに構わず、舞衣は理学部一号館にやってきた。

教員室に入ると、ソファーに国島の姿があった。

「やあ、どうも」と彼が手を上げる。口元は微笑んでいるが、声に張りがない。あまりいい話は聞けそうにないな、と舞衣は察した。

「すみませんね、いきなりで。事前に七瀬さんに連絡すべきでしたね」

「いえ、大丈夫です。これは業務の一環ですので。というか、国島さんはお仕事の方は大丈夫なんですか」

「ウチは裁量労働制なので、別に何時に顔を出してもいいんです。これが終わってから会社に行っても、何の問題もないですよ」

「とはいえ、手短に済ませた方がいいな」と沖野。「今日はコーヒーは無しだ。話を聞かせてもらおうか」

沖野と共に、国島の向かいのソファーに座る。

国島は眼鏡の位置を微調整して、「先日ここで話をしたあとに、袖崎のことで警察に問い合わせをしました」と話を始めた。

「前も思ったんだが、どうやって警察から情報を聞き出しているんだ？」と沖野が腕を組みながら言う。

「ウチの会社には、県警からの分析依頼も来る。そこで知り合った人が何人かいるから、事情を話して情報を集めてもらっているんだよ。まあ、だから言ってしまえばコネってことになるかな」

「相手を脅してるんじゃないだろうな」

「そんなことはしないさ。こっちからも袖崎に関する情報を差し出してる。ギブアンドテイクの関係だよ」

「ま、細かいことはどうでもいいか。何か分かったのか？」

「警察はやっぱり、袖崎を警戒しているようだ。つい先週、またあいつのところに足を運んでいる。僕からの問い合わせとは関係なく、定期的に様子を見に行くようにしているらしい」

「警察の人は何を確かめたんですか」と舞衣は質問した。

「前と同じですよ。袖崎が使っている温室の中を見たそうです。もちろん、強制ではなく任意です。中の様子を撮影した写真がこれです」

そう言って、国島がスマートフォンを差し出した。膝の高さほどの木製の台がずらりと並んでいて、その上にプラスチックのかごが載っている。かごの中には、手のひらに収まる大きさのビニールポットがいくつも収められていた。

「かごの中身を拡大した写真もあります」

国島が画面を切り替える。草や苔や多肉植物がビニールポットで育てられている。名前が分かるものは一つもなかった。

「ちなみに、この中に大麻はありません」

「まあ、それはそうだろうな。あったらただじゃすまない」と沖野。「ただ、この温室がカムフラージュという可能性はある」

「そのくらいのことは、警察も分かっているさ。付近もひと通り見て回っている。大麻は成長すると、独特の臭いを放つようになる。臭いの感じ方は人によって違うみたいだ。ニンニクとか、発酵《はっこう》した藁《わら》とか、甘いフルーツとか、いろいろな表現がある。いずれにしても、近くにあればすぐに分かるくらい強く臭うらしい。今回の調査では、そういった臭いもまったく感じられなかったそうだ」

「地下室はどうだ？」

「それも可能性は低いだろうって話だ。日の当たらない場所で大麻を育てる場合、電灯や空調をつけっぱなしにする必要がある。その場合は電力消費量が跳ね上がるわけだけど、そもそもあそこには電気が来ていない。袖崎は発動機で自家発電して、それで生活している。その電気量じゃ室内で大麻を育てるのは難しい」

「つまり、大麻栽培の可能性は低いということですね」

「今のところはそう判断するしかないでしょう。ただ、袖崎は任意の血液検査には応じなかったそうです。別に断る自由はあるわけですが、やましいところがないのであれば、むしろ受けて潔白《けっぱく》を証明した方が気が楽になるのではという気もします」

「……作ってるんじゃなくて、買って使っている可能性もあるわけか」と沖野が眉間にしわを浮かべる。

「やっぱり、警察としてはそれを疑わないわけにはいかないみたいだね。売買に関しては、警察がマークしているのは入江くんの方だけど」

国島の意外な一言に、舞衣は思わず腰を浮かしかけた。

「え⁉　そうなんですか？　どうしてでしょうか」

「袖崎は外出しないからですよ。頻繁に出入りしている入江くんに監視の目が向くのは当然でしょうね」

「ああ、なるほど……」

「警察は彼の行動もチェックしていますが、家と天波山、あとは食料品の買い出しでスーパーに寄るくらいで、誰かと会っている形跡もないと聞いています。ただし、彼も血液検査は拒否しているそうです」

「犯罪の証拠は一つもない。しかし、なんとなく怪しい……そんな感じか」沖野は無精ひげを撫でながら言い、舞衣の方に顔を向けた。「七瀬くんの見解は？」

「……やっぱり血液検査のことは気になりますね。印象だけで決めつけるのはよくないですけど、どうしても薬物を使ってるんじゃないかって疑ってしまいます」

昨今、大学生による違法薬物の使用が増えている。しかも、検挙《けんきょ》される時は複数人であることが多い。サークルや友人間で薬物汚染が広がってしまっているためだ。親しい人間に勧められたら断れないのだろう。

「その場で血を採るわけじゃないからな。警察と協力関係にある病院に行って、そこで検査を受けることになる。それが面倒なのかもしれない」

沖野はそう言い、「別に袖崎をかばうつもりはないが」と付け加えた。

「まあ、断ったこと自体は責められるべきではないと僕も思う」と国島が言う。「ただ、七瀬さんとしては非常に気になるわけですよね」

「そうですね。学生が薬物に手を出していたとしたら、早急に対応が必要ですから」

薬物の広まりを防ぐためには、最初の一人を出さないことが何より肝心だ。早め早めの対処が必須《ひっす》になる。

「入江くんは、大学の健康診断《しんだん》は受けていないんですか」

「受診はしているはずですが、在学生の定期検診は五月から七月なんです。まだ袖崎さんと出会う前ですから、調べてもあまり意味はないかと」

「血を採って調べる……か。以前にも似たような状況があったな」と沖野が呟く。

「懐かしいですね。あれからもう二年半ですか」

あの時は、マークしていた女子学生が舞衣たちの目の前で自転車と衝突し、軽い怪我《けが》を負った。そのおかげで、本人に気づかれることなく血液を入手できたのだった。完全なラッキーだ。

「あれと同じ手段は使えませんよね」

「そりゃそうだ。偶然《ぐうぜん》に期待するのは無理がある」

「他になにかやり方はないですかね……。あ、蚊《か》が吸った血を採るっていうのはどうですか？」

「厳しいんじゃないか。どの蚊がターゲットの血を吸ったか確かめる方法がない。辺り一帯の蚊を全部集めるわけにもいかないしな」

「大麻の使用の有無《うむ》を確かめるだけなら、別に血液にこだわる必要はないですよ」と国島。「毛髪を採取する方が圧倒的に楽でしょう」

「あ、そっか。それならなんとかなりそうですね」

「どうやるつもりなんだ？」

沖野の問いに、「うーん」と舞衣は顎に指を当てた。

「家に忍《しの》び込むわけにはいかないし……。ヘルメットの内側から拝借《はいしゃく》するのがいいんじゃないでしょうか」

入江はスクーターをアパートの駐輪場に停めている。シート下の収納にヘルメットを入れている可能性は高いだろう。

「まあ、それくらいなら窃盗《せっとう》にはならないでしょうね」と国島が頷く。「分析は僕のところで担当しましょう」

「分かりました。大学からの委託という形にします」

「じゃあ、安い・早い・正確を心掛けますよ」微笑んで、国島は沖野の顔を見る。「何か意見はあるかい」

「今のところは特にない。一応、作戦が失敗した時の策を考えておこう」

「失敗するかな」

「可能性はある。警察が自分たちをマークしていると知ったら、警戒して当然だ。毛髪を取られないように対策をするかもしれない」

「警察の介入は藪蛇《やぶへび》だったということかな」

「そうは言っていない。向こうだって、必要があるから調べたんだろうさ」と沖野が肩をすくめる。「袖崎は頭の切れる男だ。先々のことを読んで手を打ってきてもおかしくはない。それを想定してこちらも動くべきだ」

「先生のおっしゃる通りですね。私も自分にできることをもう一度考えてみます」

　いよいよ本腰を上げてこの問題に取り組む必要がある、と舞衣は感じ始めていた。袖崎は人に言えない秘密の目的を抱えていて、入江はそれに協力している。そんな気がして仕方がなかった。

　確かな根拠はない。それでも、様々な事件に関わってきた経験から来る直感が言っていた。決して甘く見てはいけないと。

4

翌週の月曜日。沖野は教員室のソファーに寝転がって天井を眺めていた。

今は昼休みで、節電のために照明は消していた。薄暗い部屋に、ぼんやりと外からの光が差している。

以前はこの部屋で昼に仮眠を取っていたが、ここしばらくはその習慣を止めていた。昼休みにいきなり舞衣が訪ねてくることがあるからだ。

自分は変わったのだろうか、と自問自答する。

四宮大学に来たばかりの頃なら、休憩《きゅうけい》時間中に無断でやってきた相手など完全に無視していた。迷惑だとはっきり伝え、二度と来るなと釘《くぎ》を刺《さ》していたに違いない。それなのに、今は舞衣を抵抗なく受け入れている。

「……違うか」

以前に舞衣本人にも言ったが、変わったのではない。「変えられた」のだ。

舞衣には人の都合を考えない強引さがあるが、トラブルを解決したいという意志は常に明確で、いささかも揺らぐことがない。前へ前へと進もうとするエネルギーは周囲に伝播《でんぱ》する。自分はその影響を受けたのだろう。

ここにいれば、さらに変えられていくのだろうか？　分からない。そもそも、それが研究者として歓迎すべき変化なのかどうかも不明だ。

――本当に四宮大でいいのか、じっくりと考えてみなよ。

頭の奥から、村雨の声が響いてくる。電話で話したあの日からずっと、沖野は村雨に言われた「宿題」について考え続けている。

四宮大で研究を続けるべきなのか。それともユリヤ王子のオファーを受け入れ、マイセンに移住するのか。間違いなく人生を大きく左右する二択《にたく》だ。

正直なところ、後者を選ぼうという気持ちは湧いてこない。いかに優れた研究環境が用意されるとはいえ、住み慣れた日本を離れるほどの魅力は感じない。

ただ、だからといって消去法的に前者を選ぶのが正しいとも思えない。四宮大学に居続けるなら、村雨を、そして自分自身を納得させる理由を見つけなければならない。

情けないな、と沖野は声に出さずに呟いた。

沖野は大した考えもなく四宮大学に移ってきた。自分のキャリアをどう組み立てていくのか、最終的にどんな場所でどんな研究をするのか。そういう将来的なプランがまるでなかったし、今もその辺はぼんやりしたままだ。

これは野心の問題だ。選択肢はいくらでもある。四宮大学でつつがなく定年まで勤め上げることもできるし、他の大学に移って新しい研究室を立ち上げることも可能だ。国や民間の研究機関にポジションを得るという手もある。もちろん、海外に飛び出して行ってもいい。

どれを選ぶにしても、そこには理由があるべきだ。それは痛いほど分かっているし、答えを出さなければならないという焦燥感もある。にもかかわらず、思考が進んでいかない。見えないゴールに戸惑いながら、ただスタートラインに立ち尽くしているような感覚だった。

やれやれ、と嘆息したところで、教員室のドアがノックされた。反射的に壁の時計を見る。いつの間にか、約束の一時になっていた。考え事をしている間に、ずいぶん時間が経ってしまった。

沖野はソファーを降り、明かりをつけてドアを開けた。

そこに、よく日に焼けた男子学生がいた。入江徳宏だ。

舞衣から聞いていた人相とずいぶん違う。長く伸びた無精ひげはきれいに剃られているし、ニット帽《ぼう》をかぶっているのではっきりとはしないが、襟足《えりあし》を見る限りでは髪もかなり短くなっているようだ。

やはり、毛髪を取られることを警戒しているらしい。すでに舞衣からは、「ヘルメットからの毛髪採取は失敗しました」と報告を受けている。スクーターの収納は空だったらしい。毎回、入江はヘルメットを部屋に持ち帰っているのだろう。

「あの、沖野先生でしょうか。庶務課の七瀬さんに言われて来たんですが」

「聞いているよ。入ってくれ」

入江にソファーを勧める。彼はやや緊張した様子で「失礼します」と腰を下ろした。

舞衣に対してはぶっきらぼうな口の利き方をしていたらしいが、まずまず丁寧な言葉遣いになっている。

「すまないね、呼び出してしまって」

「いえ、大丈夫です」と入江が目を伏せる。

呼び出しに応じないのではないかと危惧していたが、入江は時間通りにやってきた。

舞衣は「沖野先生との面談は、緑化研究に絶対に役立ちますから！」と言ったらしい。

それが効いたのだろうか。

「七瀬くんから聞いたかもしれないが、俺は大学のモラル向上委員をやっている。学生のモラル向上の施策を考えるのが主な仕事なんだが、学生に直接指導することも役割の一つではある。ということで、君に来てもらった。用件は分かるかな」

「……農学部の実験室に無断で立ち入った件でしょうか」

「分かっているなら、余計な説明はいらないな。君の行動はもちろん褒められたことではないが、実験室を管理する浦賀先生は、『前向きでいいんじゃないか』とおっしゃっていてね。君のことを評価しているようだ」

「え、本当ですか」

「ああ」と頷いてみせたものの、「評価している云々《うんぬん》」は事実ではなく、入江の行動をコントロールするための方便にすぎない。もちろん、無断で浦賀の名前を出しているわけではなく、事前に口裏合わせはしている。

「聞けば、君は講義を欠席しているそうじゃないか。経済を学ぶのが辛いのなら、思い切って学部を変わってみるのも手だ。植物の品種改良に興味があるんだろう？　農学部に移ったらどうかな」

これは半分は本心だった。

「……あの、せっかくの提案なんですけど、大学はもう辞めるつもりなんです」

「なぜそんなに結論を急ぐんだ？　やりたいことがあるのかな」

答えを知りつつ尋ねる。入江は「そうです」と迷いなく答えた。

「砂漠の緑化研究のことかい」

「え？　ご存じなんですか」

「七瀬くんから、ある程度の事情は聞いた。具体的な研究内容はどんなものなんだ？」

「それは部外者には言えないんです。重要な研究なので」

「そうか。いずれにしても立派な研究だと思う。だからこそ、なおさら農学部を勧めたくなるな。きちんと基礎を学んでから、研究テーマとして本格的にやっていくべきじゃないのか」

「その必要はないんです。研究を主導している人がすごく立派な方なので」

そう語る入江の瞳はぎらぎらと輝いて見えた。袖崎を尊敬している様子が手に取るように伝わってくる。

周りが見えていないな、と沖野は思った。特定の相手に心酔することには良い面と悪い面がある。努力をしようという前向きな気持ちになる一方で、視野が狭まり、極端な行動を取ってしまうこともある。

「いくら目標が素晴らしくても、少人数でやれることには限界がある。砂漠の緑地化を実現する植物を生み出せたとして、それをどう実用化に繋げるんだ？」

「いいものを作れば、興味を示す国や企業は出てくると思います。成果は論文にして発表しますし」

「それは楽観的すぎる。もっと組織的にやるべきだ。その方が、ずっとゴールが近くなるはずだ」

「成果を急いでいるわけではないですから。じっくり時間をかけて取り組みます。その間に、実用化に向けた取り組みも考えます」と入江は沖野を睨むように反論した。

こちらの話を聞き入れるつもりはまるでないらしい。その頑《かたく》なな態度に、沖野はため息を漏らした。

その時、ノックの音が聞こえた。「ちょっとすまない」と立ち上がり、ドアを開ける。

「どうも」と、ユリヤ王子が小声で言う。「いかがですか」

「……お願いします」と囁き、沖野は大げさにひざまずいてみせた。「これはこれは。このようなところにお越しいただき、恐悦至極《きょうえつしごく》に存じます」

横目で窺うと、入江が眉をひそめているのが見えた。

ユリヤ王子はひざまずいたままの沖野の前を通り過ぎ、入江のすぐそばに立った。

「お主か。砂漠緑化を研究している学生というのは」

普段よりずっと低い声で言い、王子が入江を見下ろす。いつものにこやかさは影を潜《ひそ》め、相手を威圧するような醒《さ》めた目で入江を見つめている。その威厳に満ちた姿は、一般的にイメージされる「王」のそれと完全に一致していた。

「あの、沖野先生。この方は……」

入江が困惑《こんわく》した様子でユリヤ王子を指差す。

沖野は慌てて入江に駆け寄り、「こちらはマイセン王国のユリヤ王子だ」と声に力を込めた。

「王子……？」

「とにかく帽子を脱ぐんだ。君が無礼な態度を取ると、日本人そのものの品格が疑われてしまう！」

沖野は強い口調で言い、半ば強引に入江のニット帽を脱がせた。

「砂漠の緑化研究をしている人間がいると風の噂に聞いてのう。どんな研究なのだ。話してみよ」

「え、いえ、それは秘密で……」

「ほう、言えぬのか。それならそれで結構。お主、貴重な機会を逃したのう。素直に話せば、使いきれぬほどの資金を寄附《きふ》してやったというのに。愚《おろ》かなことだ」

王子は入江を見下すように冷たく言い、「つまらん。時間の無駄だったわ」と教員室を出ていった。

ドアが荒々《あらあら》しく閉まり、室内に静寂《せいじゃく》が訪れる。

沖野は大きく息を吐き出し、握り締めていたニット帽を入江に返した。

「今の人は、本当に王子なんですか」

「ああ。疑うのなら、ネットで画像検索してみたらいい」

「どうしてそんな方がここに……？」

「四宮大学の視察にいらっしゃったんだ。科学研究に興味があるということで、市内に滞在してあちこちを見て回られている」

「そ、そうなんですか。……あの、怒らせてしまったのでしょうか」

「失望されただけだと思う。……すまない、いきなりで。俺も何も聞かされていなかったんだ」と沖野は頭を下げた。「今日はもう帰って構わない。王子のことは他言無用でよろしく頼む」

はあ、と帽子をかぶり、入江は困惑した表情のまま部屋をあとにした。

それからしばらくして、教員室に再び王子が現れた。

「どうでしたか」

「おかげさまで、無事に目的を達成できました。申し訳ございません。こんな茶番《ちゃばん》に付き合わせてしまって」

髪の毛を落とさないように、入江が帽子をかぶってくることは想定していた。どう対策しようか考えていた時に舞衣から連絡が入った。

「殿下にひと芝居《しばい》打っていただきましょう」

舞衣の考えた作戦は、ユリヤ王子に尊大な態度を取らせ、入江の脱帽を促すというものだった。脱いだ帽子を沖野が手に取り、隠していた粘着《ねんちゃく》テープで髪の毛を入手する。そういう手順だ。

「お気になさらないでください。私が考えた作戦ですから」とユリヤ王子が微笑む。

「そうだったのですか」

「ここのところ、頻繁に舞衣さんと食事をしていまして。そこで、学生が違法な薬物に手を染めている可能性があると伺いました。髪の毛を手に入れて調べたいという話だったので、あのようなやり方を提案しました。成功してよかったです」

食事？　それは沖野の知らない情報だった。

「七瀬くんと一緒に食事をされているのですか」

「そうです。私の方から声を掛けさせてもらいました。……彼女のことが気になりますか？」

「え、あ、いや、それは……」

「今後の活動にも影響するでしょうから、沖野先生には話しておきましょう。僕は舞衣さんを妻に迎え入れることを真剣に考えています。そのことを、本人にもはっきりと申し上げました」

思いもよらない宣言に、沖野は頭をハンマーで殴られたような衝撃を受けた。

「驚かれたようですね」と王子が微笑む。「経緯を説明したいので、少しお時間をいただけますか」

「……俺に関係のある話ですか」

声に出してすぐ、自分のことを「俺」と言ってしまったことに気づく。

王子はそれを指摘する代わりに、「沖野先生にはぜひ、王立科学研究所にいらしていただきたい。だから隠し事はしたくないのです」と王子は言った。

雰囲気的に、聞かずに済ませられそうにない。「……分かりました」と返答し、沖野はコーヒーを淹れる準備に取り掛かった。

5

その週の木曜日。舞衣は再び、大学にやってきた国島を迎えた。

時刻は午後五時半を回ったところだ。「今日はお仕事はもうおしまいですか」と舞衣は尋ねた。

「ええ。会社からこちらに来ました。すみませんね、また時間を取らせてしまって」と国島が申し訳なさそうに言う。

「いえ、やっぱり直接結果を伺いたいですから」

「……まあ、その方がいいでしょうね」

国島の表情は神妙だ。どうやら「外れ」ではなかったらしい。対応を検討する必要のある結果が出たのだろう。

国島と共に沖野の教員室に向かう。沖野はソファーで資料を読んでいた。

「先生。国島さんがいらっしゃいました」

「……言われなくても分かってる」と沖野が紙から視線を動かさずに言う。その顔つきは険しい。あまり機嫌がよくなさそうだ、と舞衣は感じた。

「それは、僕が送った資料か」

「そうだ」と沖野が頷く。

「資料って、何の資料ですか？」

「入江くんの毛髪から検出された物質の化学構造ですよ」と国島。「先に調べてもらおうと思って、今日の昼過ぎにメールしたんです」

「いきなりここで結果を見せられるより、その方が実りのある議論ができる。座ってくれ。七瀬くんが、『早く知りたくてたまらない』という顔をしている」

沖野はソファーから立ち上がると、自分の椅子を持ってきてそこに腰を下ろした。ちょうど、どちらのソファーからも斜向《はすむ》かいになる位置だ。

「どうしたんだ？　ソファーに座ればいいじゃないか」

国島が不思議そうに言う。

「三人の場合はこの方が話しやすいかと思ってな。まあ、試しにこのスタイルでやろう」

沖野はそう言って、舞衣たちに着席を促した。

どうも変だな、と違和感を抱きつつ、舞衣は言われた通りに一人でソファーに座った。

「沖野に送ったのと同じ資料です。何も説明を入れていないので、見てもよく分からないかもしれませんが……」

国島が差し出したクリアファイルを受け取る。紙が二枚入っている。片方は何かの分析のチャートだ。用紙の下部の基準線から、垂直《すいちょく》に何本もの直線が出ている。まるで鋭いトゲが突き出したバラの茎《くき》のようだ。

もう一方の紙には、複数の化学構造式が印刷されていた。どれも、基本は六角形を三つ繋げた形で、そこに付属している部分構造が異なる。似たような形状なので、おそらくは仲間なのだろう。その物質たちがどういうものなのかは分からない。

「今回の分析はMS／MSという手法を使いました。基本となるのは質量分析という方法で、装置を通すことでサンプル中に含まれる物質の分子量が分かります。さらに、そこで検出された物質を故意に分解し、生成したパーツの質量を調べるんです。こういう手段を使うことで、調べたい物質の詳細な構造を推定できるようになります」

国島がゆっくりと説明する。

「どういう形をした物質なのかが分かるわけですね」

「平たく言えばそうだな」と沖野。「分解によって生じるパーツをフラグメントと呼ぶが、その検出パターンから元の物質の構造を推定するプログラムがあるんだ。分析が終わると同時に、自動的に候補化合物の構造式をはじき出してくれる。原理を知らなくても、装置の使い方さえ知っていれば、誰でも似たような結果を出せる。非常に便利なツールだよ」

「分析精度を高めるための細かいテクニックがいろいろあるんだけどな」と苦笑し、国島は沖野の方にわずかに身を乗り出した。「当然、沖野はこれらの物質が何なのか分かっているよね」

「ああ。すべて、テトラヒドロカンナビノールの類縁体《るいえんたい》だな」

沖野は分析データの載った紙を指で弾《はじ》き、「大麻の主な有効成分とされている物質の仲間だ」と呟いた。

「大麻の……これを摂取《せっしゅ》するとどうなるんでしょうか」

「部分構造が異なるから、はっきりしたことは言えない。ただ、もしテトラヒドロカンナビノールと同様の作用があるのなら、強い幸福感を味わうことができるだろう。苦しみや悩みを忘れ、ただ快感に浸る——そんな体験をするんじゃないか」

「つまり、麻薬ということですね」

「そうである可能性は高い」と沖野は資料をテーブルにぱさりと投げた。「ただ、これを警察に持ち込んだとしても、即座に逮捕ということにはならない」

「それは、本人に無断で髪の毛を採取、分析したからですか?」

「いいえ、そもそも罪じゃないからです」と国島が沖野に代わって説明する。「今回検出された物質は法律で規制されていません。というか、そもそもこれらの物質は完全に新規です。骨格部分はメジャーですけど、くっついているパーツの組み合わせが新しいんです」

「誰も知らない物質なら、規制されるはずがない。そういうことですか……」

「さらに言えば、大麻取締法においては、大麻の使用は処罰《しょばつ》の対象になっていない」と沖野が補足する。

「は？　なんでですか？」

「大麻取締法では、大麻の茎や種子《しゅし》は規制対象外だ。それらが麻の織物《おりもの》や七味唐辛子《しちみとうがらし》に使われるからだ。ただ、それらにテトラヒドロカンナビノールがまったく含まれないかというと、そうとも言い切れない。微量に含まれていて、それを体内に取り込んでしまう可能性はある。すなわち、もしそれが検査で検出された時に、規制対象となる花や葉を摂取したのか、それとも規制対象外の部分を摂取したのか区別できない。いくらでも言い逃れができてしまうんだな。だから、使用罪を処罰範囲から除外したんだ」

「詳しいね」と国島が感心したように言う。

「調べたからな」と沖野。「ただ、警察には連絡すべきだろう。今回の新規物質は、通常の大麻には含まれていないものだ。どこから来たのか調べる必要がある」

「そうだね。新しいドラッグが密《ひそ》かに広まっている可能性もある」

「でも、入江さんは家と山の往復しかしてないみたいですけど」

舞衣の指摘に、「ふむ」と沖野があごひげを撫でる。「まず、この物質をいつどこで摂取したかという点について確認が必要だな」

「……普通に考えれば袖崎が怪しいな」と国島が低い声で言う。

「まあな。じゃあ、あいつに渡されたと仮定して話を進めようか」

「どこでこの物質を入手したんだろう」

「宅配便で取り寄せている可能性は？」

「そんなバレバレのことをやってたら、警察がすぐ気づくと思うよ」と国島が即座に否定する。「自分で合成しているんじゃないか？」

「電気も来ていない山の中でか？　それはそれで無理じゃないか。設備の問題に加えて、原料調達の難しさもある。警察にマークされた状態でやれるとは思えない」

「だったら、四宮に来る前に入手したものじゃないか。それを隠し持っているとか」

「それだと、追加で手に入れるのは難しいということになる。そんな貴重品を、自分以外の人間に使わせるか？　違和感がある」

　科学者二人が、真剣な表情で議論を交わしている。結論がすぐに出ないのは、決め手に欠けているからだろう。長くなりそうな気配を感じ、「あの」と舞衣は二人の会話に割って入った。

「入手ルートはともかく、偶然口に入るようなものではない、ということですよね。違法ではないにしても、快楽を味わうために『大麻っぽい何か』を服用しているとしたら、早急に手を打つ必要があるんじゃないでしょうか」

「それは七瀬さんの言う通りです」と国島が強く頷く。「大麻は安全だ、なんて主張する人間もいますが、それは大嘘です。快楽物質を何度も摂取するうちに依存性が高まり、それなしには生きられなくなりますからね。また、脳動脈の収縮を起こし、脳梗塞《のうこうそく》や一過性脳虚血発作を誘発する恐れもあります。それは、今回検出された物質でも同様でしょう」

「具体的にどうするか、よく考えないとな」と沖野が腕を組む。

「本人にこの事実をぶつけるべきなんでしょうか」

「……判断に迷うな。自分の意思で摂取しているかどうかも不明だからな」

「無自覚とは思えない。髪の毛を落とさないように注意しているんだ。疚《やま》しいことに手を染めているという自覚はあるに決まっている」と国島が厳しい口調で言う。

「……そうか。確かにそう考えるのが妥当か」

「だとすると、データを突き付けても逆に開き直らせるだけかもしれませんね……」

舞衣はため息をついた。

「家族に説得してもらうのはどうですか」と国島が提案する。「まずは袖崎と縁を切るところから始めるんです」

「実は今日、入江さんのご両親に電話をしました。現状について話し合うように、という約束を入江さんが守ったかどうか確かめるためです」

「それはご苦労様です。どうでしたか？」

「入江さんから連絡があったそうです。彼は大学を休んでいることを説明し、砂漠緑化のための活動を頑張りたいと訴えたようです。ご両親は彼の希望を受け入れたいと考えています。『あれほど熱心な姿を見たのは初めてだ』とおっしゃっていました。よほど熱のこもった口調だったのでしょう」

「……そうですか。もしかすると、袖崎の入れ知恵があったんじゃないですか。両親を説得できるような『理屈』を入江くんに授けたとか」

「どうも気になるな」と沖野が眉根を寄せた。「なぜ袖崎は入江くんをそばに置いているんだろうな。砂漠緑化はただのカムフラージュで、テトラヒドロカンナビノールの類縁体研究が本命だとしたら、逆に入江くんの存在はリスクでしかない。大学を休み続けている彼を心配した人間が乗り込んでくる恐れがあるからだ。まさに俺たちがそうだっただろう」

「それは確かに……」と舞衣は呟いた。食料品の買い出しを入江に任せているらしいが、やろうと思えば食材を通販で買ったり、スーパーマーケットの宅配サービスを利用することもできるだろう。

「嫌なことを思いついたよ」

国島の言葉に、「俺もだ」と沖野が同調する。「一度、袖崎と話してみるか」

「いいんですか？」と舞衣は思わず口走っていた。

「よからぬことが行われている可能性に気づいてしまったからな。俺や国島の予想をあいつにぶつける必要がある」

「分かりました。じゃあ、次の土曜日に天波山に行きましょう。私が案内します」

「忙しいんじゃないのか。最寄《もよ》り駅からタクシーでも構わないが」

「そんなのお金がもったいないですよ。遠慮せずに私の車に乗ってください。最近はあの辺りをよく走っているので、タクシーよりずっと安全ですよ」

舞衣はぽんと胸を叩《たた》いてみせた。

「あれこれ言わずに、素直に連れて行ってもらえばいいじゃないか」と国島が笑みを浮かべて言う。「うら若き女性とドライブ。素晴らしい休日だ」

「女性と出掛けることが男の本分だとでも言いたいのか？　その表現はどうかと思うな。時代錯誤《さくご》も甚《はなは》だしい」と沖野が顔をしかめる。「ほとんどセクハラだ」

「じゃあ、表現を変えよう。七瀬さんとドライブ。素晴らしい休日だ。これなら文句はないだろう」

「……あのなあ、遊びに行くんじゃないんだぞ。変な風に茶化さないでくれ」

「つまり、二人で遊びに行く休日なら、『素晴らしい』と表現しても差し支えないってことかな」

「そういうのを揚《あ》げ足取《あしと》りと言うんだ」と沖野は椅子から立ち上がった。「そろそろお開きにしよう」

「……はいはい、分かったよ。相変わらず素直じゃないな」

国島が肩をすくめながら部屋を出ていく。

舞衣もそれに続こうとしたところで、「ちょっといいか」と沖野に呼び止められた。

「あ、はい。何でしょう」

「今日も王子と食事に行くのか？」

「え？　いえ、今夜は多華子さんと二人でご飯を食べることになっています。今後のことについて話があるみたいです」

そう説明してから、「私がユリヤ王子と食事をしていることをどこで知ったんですか？」と気になったことを質問した。

「この間、本人から伺った」と沖野が耳を搔く。「事情は正しく把握している。何か手伝えることがあれば言ってくれ」

「ありがとうございます。今のところは大丈夫そうです」

「……そうか。大変だろうが頑張ってくれ。王子は君に期待しているようだ」

ぼそぼそと言って、沖野は自分の席に椅子を戻して座った。

沖野はそのままパソコンでの作業を始めた。視線はモニターに向いている。

舞衣は彼の態度に違和感を覚えつつ、「それじゃ、失礼します。土曜日の予定はまたメールします」と言って教員室をあとにした。

6

午後六時半。仕事を終えて大学を出た舞衣は、大通りでタクシーを拾った。

指定されたホテルの名前を告げると、「ああ、はいはい」と運転手はすぐに車を出発させた。きっと行き慣れているのだろう。

窓の外を、紅葉し始めた街路樹が流れていく。街灯の明かりに浮かび上がるそれは、華やかなウエディングドレスに似て見えた。

夜の食事について連絡があったのは今朝のことだった。

「多華子がどうしてもというので、そういうことになりました。僕は同じ店で先に食事を済ませてホテルに戻ります。ごゆっくりどうぞ」

王子の説明はそれだけだった。多華子が何の話をするのか尋ねたが、「僕も知らされていません。必要があれば、多華子から事前に一言あるでしょう」という返答だった。

その後、多華子から電話があったが、今夜の予定を伝えられただけで、話の内容については一切説明がなかった。ということで、舞衣は何も知らされないまま店に向かっている。

四宮大学からおよそ十五分。タクシーはベイエリアに建つホテルの前で停車した。

玄関先でタクシーを降り、建物を見上げる。上の方で、航空障害灯が赤く明滅している。あの照明は確か、六〇メートル以上の高さの建物に設置されるものだったはずだ。四宮でこれだけ高い建築物は珍しい。

待ち合わせ場所はこのホテルの最上階にあるフレンチレストランだ。

舞衣は心持ち背筋を伸ばし気味に建物に入ると、ロビーを突っ切り、奥にあるエレベーターに乗り込んだ。

エレベーターの一部がガラスになっていて、外の景色が見える。方角的には南西を向いている。沿岸沿いにちりばめられた光は、エレベーターが上昇するにつれてどんどんと広がっていく。

この光の下に、数えきれないほどの人間が暮らしている。その事実が、今夜はなぜかとても不思議に思えた。

やがて、エレベーターの上昇が止まった。

微かな眩暈《めまい》を感じつつ、かごを降りる。レストランの入口は目の前にあった。

扉の前に立っていた従業員に声を掛け、席に案内してもらう。

多華子は店の奥の席にいた。それぞれの席は、三日月形の湾曲した衝立《ついたて》で仕切られているため、半個室のような形になっている。声は聞こえても互いに姿は見えない。

多華子は黒のスーツ姿だ。グラスで水を飲んでいる。「こんばんは」と挨拶すると、「座ってください」と強めの口調で言われた。

おとなしくテーブルの向かいの席につく。

「えっと、メニューは……」

「注文は先に済ませました。オードブル、スープ、魚料理、肉料理、デザートの順で料理が出ます」と多華子が表情を変えずに言う。ユリヤ王子同様、日本語ではない単語を口にする時の発音は日本人とまるで違う。おそらくネイティブの発音に近いのだろう。

「コース料理ですか……」

「ご心配なく。殿下との食事の時と同様に、支払いは私が済ませますので。七瀬様には『来ていただいている』わけですから、こちらが払うのが筋でしょう」

「……すみません、ごちそうになります」

舞衣は素直に相手の厚意に甘えることにした。「出させてください」などと言えば、逆に失礼になりかねない。

さて、と言って、多華子は舞衣の顔をまっすぐに見つめてきた。

「こうしてお越しいただいたのは、食事の作法を学んでいただくためです」

「はあ、作法……。何のためにですか？」

「分かりませんか？」多華子の視線がぐっと険しくなる。「王族の人間は、他国の政治家や王族と頻繁に食事をします。そこで王族にふさわしくない失敗をしてしまうと、国全体の恥になってしまいます。正しい振る舞いが自然にできるようになるには、とても時間がかかります。だから、今のうちから身につけていただきたいのです」

多華子の説明に、「ちょ、ちょっと待ってください」と舞衣はテーブルに身を乗り出した。

「おやめください、そのように慌てるのは」と多華子がぴしゃりと注意する。「王族は常に冷静でなければならないのですよ」

舞衣は椅子に座り直し、「そのことなんですけど……」と上目遣いに言った。「私はまだ、『結婚する』とは一言も言ってませんが」

「それは、しない可能性があるということですか？」

「まあ、迷っていますから……」

「何を迷う必要があるのですか」多華子が信じられないというように目を見開く。「これほど光栄なことはないと思います」

「ええ、それはもう、充分に理解しています。もう二度と、こんな機会はないだろうと思います」

「それなら、さっさと——」

多華子の言葉を遮って、「だからと言って、すぐに決断するのは無理です」と舞衣は声に力を込めた。「日本を離れるとなれば、生活環境は大きく変化します。それをあっさり受け入れられるほど、私は強くはありません」

「『強い』というのは、どういう意味ですか。精神力の強さのことですか」

「……考え、決断する能力のことです」と舞衣は少し考えて言った。「決断に至る時間が短ければ短いほど強いとお考えください」

「そうですか。言葉の意味は分かりました。要するに、あなたにはまだ考えたいことがいくつもあるということですね」

「そういうことです。家族や友人と別れなければなりませんし、言葉の問題もあります。一度も学んだことのない言語を習得するには、かなりの時間と努力が必要になります」

多華子はふっと息をつき、呆れ顔で水を飲んだ。

オードブルが運ばれてくる気配はない。多華子がスタートの合図を出さない限り、料理は始まらないのだろう。

「亡くなられた王妃は、マイセン語を半年足らずで習得されました。我が国に来る前から、英語はとても流暢だったと聞いています」

「王妃には言語習得の才能がおありだったのでしょう。添乗員としての勤務経験も活きたのではないかと思います」

「七瀬様の主張は、あまりに消極的だと感じました。言葉の壁は、その気になれば乗り越えられます。決断を鈍らせている理由は他にあるのではないですか」

多華子の指摘にドキリとした。さすがに鋭い。

確かに、舞衣の中には迷いがある。いや、迷いというよりは、気掛かりと表現する方が近い気がする。どうすれば全員が幸せになれるのか。舞衣は王子からの告白以来、ずっとそのことを考え続けている。

多華子は舞衣の悩みに気づいているのだろうか？

なるべくなら言わずに済ませたいところだったが、このまま触れずにいたら、この状況がいつまでも続きかねない。王子はもう、五十日も四宮に滞在しているのだ。そろそろ、思い切って一歩を踏み出すべきだ。

舞衣は冷たい水で口を湿らせ、多華子の顔を正面から見据えた。

「多華子さん。率直にお伺いします。あなたはユリヤ王子のことを愛していますね。護衛としてではなく、一人の女性として」

「いいえ、そんなことはありません」

多華子は即座に否定した。ただ、舞衣は彼女の瞳が揺らいだのを見逃さなかった。それは出会ってから初めて見た、はっきりとした動揺だった。

「私が答えを出せずにいるのは、あなたのことが気になっているからです。もし私が王子の申し出を受け入れれば、あなたはきっと激しく傷つくでしょう。それをなんとか回避できないかと悩んでいるのです」

「……悩んでどうなるというのですか」多華子が眉間にしわを寄せる。「あなたを選んだのは殿下なのです。護衛の一人でしかない私が傷つくかどうかなんて関係ありません。何よりも殿下のお気持ちが優先されます」

多華子は早口に言って、「そもそも、私が傷つくことはありませんが」と取り繕《つくろ》うように付け加えた。

「それは自分を過小評価していると思います。王子は数多くいる護衛の中から、あなたをそばに置くことを望んだのでしょう。それだけ心を許しているという証拠ではありませんか？　あなたの意見なら聞き入れるはずです」

「なぜそんなことを言うのか、さっぱり分かりません」と多華子が首を振る。「それではまるで、殿下の妻となることを嫌がっているように聞こえます。あなたは結婚したくないと考えているのですか？」

「それは……」

舞衣はもどかしさを感じていた。いったいどう話せば、今のもつれた状況を終息《しゅうそく》に導けるのだろう？

ふっと頭の中に沖野の顔が浮かんでくる。もし彼がこの場にいれば、切れ味鋭い一言を放ち、あっという間に混乱を鎮めてくれるだろう。

だが、今回の件に関しては沖野を頼るつもりはなかった。これはユリヤ王子と自分、そして多華子の問題なのだ。王子は信頼して自分を選んでくれた。その期待に応えたいと舞衣は思っていた。

自分の気持ちをなんとか多華子に伝えなければならない。舞衣は必死に頭を働かせ、「私は、誰かが我慢している状態が嫌なんです。誰もが納得できる未来を実現したいんです」と言った。

「本気でそんなことを考えているのですか?」と多華子が眉間のしわを深くする。「人を傷つけないことが正しい行いだと信じているのなら、それはあまりに幼稚すぎます。あなたの望みはわがまま以外の何物でもないと思います」

「それは分かっています。確かに、私はわがままなことを言っています。幼稚だと言われても仕方ないでしょう。ただ、そのわがままを貫き通すという覚悟も持っています」

舞衣はそう言って席を立った。

「どうしたのです」

「すみませんが、帰らせていただきます。料理のマナーを学ぶ前に、お互いにやるべきことがあると思いますから」

多華子に背を向け、店の出入口へと向かう。

意識的にゆっくり歩いたが、多華子が追い掛けてくることはなかった。店には申し訳ないが、こんな状態で落ち着いて食事をするのは無理だ。

エレベーターに乗り込み、舞衣は壁にもたれた。まだ心臓がドキドキしている。もう、夜景を楽しむだけの余裕はなかった。

自分がいま抱えている問題は、どれも「心」に帰着するものだ。

袖崎を慕《した》い、彼のために人生を棒に振りかけている入江。

ユリヤ王子を愛し、それゆえに自分の心を殺そうとしている多華子。

どちらも視野が狭まっているせいで、考慮すべき選択肢が見えなくなってしまっている。心が不自由な状態に陥《おちい》っているのだ。

どこに問題があるかは明白だ。それなのに、いい解決策が思いつかない。

心は不思議だ。

時にガラスのように脆《もろ》く、時にダイヤモンドのように硬くなる。

時に羽毛のようにふわふわと飛び回り、時に鉄塊《てっかい》のように微動だにしなくなる。

定まった形がなく、手に取ることも、目で見ることもできない。それでも、確かにそこに「ある」。

自分の心をコントロールすることは難しい。他人の心であれば、なおさらだ。到底《とうてい》、思い通りに動かせるものではない。

それでも、自分はずっと心の問題と向き合ってきた。

どれほど困難でも、途中で投げ出すことはなかった。大学に関わる人間すべての幸福を目指す。それが、庶務課の職員の――そして自分の目標だからだ。

やがて、エレベーターが音もなく一階に到着する。

答えは見えない。それでも、方針は最初から決まっていた。ギリギリまであがき続けるしかない。

舞衣はぎゅっと拳を握り締め、自分を奮い立たせるように大股《おおまた》で歩き出した。

Chapter 4

1

「……もうすぐですね」

運転席で舞衣が呟く。ハンドルを握るその横顔は真剣だ。

沖野は視線を前方に戻した。車は山肌に沿って延びるカーブを走行している。ガードレールの向こうの山々は紅葉のピークを迎えようとしていた。

今、沖野は舞衣と共に袖崎のところに向かっている。

沖野は腕時計をちらりと見た。午前十時五十分。時間に余裕はある。話が長引いても大丈夫だろう。

「珍しいですね、腕時計なんて」

「ああ、これか。午後から予定が入っているから、こまめに時間を確認したくてな」

「大事な予定なんですね」

「来客があるんだ。遅刻はできない。ただ、正直なところ腕時計は苦手だ。どんな材質のバンドを選んでも、小一時間もすれば肌がかゆくなってくる」

沖野は腕時計を外し、上着のポケットに落とした。

「肌が弱いですもんね、沖野先生は」

「生活に支障が出るほどじゃない。ひげ剃りに困るくらいだ」と沖野は顎を撫でた。いつも無精ひげを生やしているのはファッションではない。カミソリや電動ひげ剃りを使うと皮膚《ひふ》がひどく荒れるので剃れないだけだ。

「大変ですね……。あ、あそこです」

道の左手に、山の中に入っていく細道があった。

そのすぐ手前の路肩に、舞衣は車を停めた。

「上まで何分くらいだ？」

「前のときはゆっくり上がったので二、三分ってところですね。距離にすると二〇〇メートルくらいだと思います」

「分かった。それなら問題ないな」と沖野はシートベルトを外した。

「本当に一人で行くんですか」

「ああ。待たせることになってすまないが、今日は俺一人で会おうと思う」

沖野はそう告げて車を降りた。

数歩進んで振り返ると、運転席の舞衣が手を振った。頑張ってください、ということか。自制心が育ってきたようだな、と沖野は思った。以前の舞衣なら同行したいと強く主張し、強引に沖野のあとを追ってきただろう。

舞衣を残してきたのは、彼女に聞かれたくない話をするからだ。もしそれを聞けば、舞衣は何が何でも入江を助け出そうとするに違いない。それは正しい行動ではあるが、ことを強引に押し進めれば摩擦《まさつ》が生じ、大きなトラブルに発展する恐れがある。最悪の場合、舞衣の身に危険が及ぶ可能性すらある。それだけは絶対に避けなければならない。

急な坂道を上っていると、やがて息が切れてきた。体力が落ちているのを実感する。定期的に運動した方がいいとは思うが、なかなかその気になれない。

学生時代は、昼休みに研究室のメンバーと体を動かすことはあった。キャッチボール

そういえば、と連鎖的《れんさてき》に当時の記憶が蘇る。東理大では、毎年大きな野球大会が開かれていた。四年生の頃、国島に誘われてそれに出場したことがある。メンバーを集め、練習の日程を組んでいたのは袖崎だった。彼には人を動かす力があった。自然に人を引き寄せ、仲間にしてしまうような魅力に溢れていた。

そんな人間が、今は人里離れた山中で不可解な研究に取り組んでいる。どんな出来事

が彼を変えてしまったのか。それが不思議で仕方ない。

昔のことをあれこれ思い返していると、ふいに開けた場所に出た。

ビニールハウスと古い民家。ここが目的地で間違いないだろう。

民家の玄関に近づいていく。と、ビニールハウスのアルミの扉が開き、紺色の作務衣を着た男が現れた。摑《つか》めるほど伸びたひげと、ゴムで一本にまとめられた長い髪。事前に風貌の情報を得ていなければ、それが袖崎とは気づかなかっただろう。

「ああ、沖野じゃないか」

袖崎は沖野の顔を見るなり快活に笑った。軍手を取り、小走りに駆け寄ってくる。

「元気そうだな」

「そっちもな」と袖崎が辺りを見回す。「国島は一緒じゃないのか？　あいつから俺のことを聞いたんだろ？」

「今日は俺だけだ。ウチの大学の学生が世話になっているそうだな。今日は彼はどうしている？」

「買い出しに行ってもらってる。まだしばらくは戻らないと思う」

「そうか。それならそれでいい」沖野はビニールハウスに目を向けた。「中を見せてもらってもいいか」

「興味があるのか？　もちろん構わないよ」

袖崎は何のためらいも見せずにそう言った。

彼の案内でビニールハウスに入る。日差しが差し込んでいて暖かい。湿度も外より高いようだ。

中の様子は、前に国島から見せられた写真と変わっていなかった。幅三〇センチ、高さ五〇センチほどの長い木製の台が三列に並べられている。その上にプラスチックのかごが置かれ、中には植物を植えたビニールポットがあった。

木製の台は濡れ、水滴《すいてき》がぽたぽたと落ちている。植物の匂いはあまり感じない。それより、地面の土の匂いの方が強い。

「水やりをしてたのか」

「ああ。水は近くの川から汲《く》んできている。四リットルのポリ容器を両手に提《さ》げて、あの坂を何度も往復するんだ。結構な重労働だよ」

「何の植物を育てているんだ？　見たところ、並んでいるものに統一性《とういっせい》はないが」と沖野は質問した。

「いろいろだよ。山の中からあれこれ探してきて、片っ端から育てて掛け合わせている。共通点は、色が緑色なことくらいだな」

「砂漠緑化の研究だろう？　水はやらなくていいんじゃないか？」と沖野は指摘した。

「まだ育成段階だからな。『これは』と思えるものができたら、乾燥した環境での生育テストを行うさ。いつになるかは分からないが」

「この中に、大麻があるのか？」

「あるわけない」と袖崎が苦笑する。「ハウスには何度も警察の人間が立ち入っているんだぜ。そんなものがあればとっくに逮捕されているさ」

「プロを欺《あざむ》く仕掛けがあるんだろ？　そうでなければ、毛髪からテトラヒドロカンナビノールが検出されたりはしないはずだ」

沖野の言葉に、袖崎の表情がこわばる。

「……やめてくれよ、くだらないブラフは。そんな手に引っ掛かるほど間抜けじゃない」

「はったりをかますためだけに、わざわざここまで足を運ぶと思うか？　入江くんの毛髪を分析したんだ。その結果、テトラヒドロカンナビノールの新規誘導体が検出された。どんな奇跡が起きたって、偶然体内に入るようなものじゃない。お前が服用させたんだろう？」

「ノーコメントだ」と袖崎が首を振る。

「そうか。だったら、俺の考えをひと通り話しておく。お前が入江くんを手駒《てごま》のように扱っているのは、作業を手伝わせるためだけじゃない。むしろ本命は、作り出した物質を試すためだ。要するに、モルモット代わりにそばに置いているわけだ。彼はそのことを分かった上でお前に従っているのか？」

「……おいおい、恐ろしいことを言うなよ。久々の再会だっていうのに」と袖崎が顔をしかめる。

「俺はお前のその演技が恐ろしいけどな」

沖野はビニールハウスの外に目を向けた。開けっ放しのドアの向こうに深い森が見えていた。ひと気はまったく感じない。

「今の推理を入江くんに伝える気なのか？　無駄だからやめておいた方がいい。彼とは充分に話し合っている。信頼関係があるんだ。入江くんは自分の意思で行動している。こちらは何も強制していない」

沖野は視線を戻し、袖崎の顔を見据えた。袖崎は自信に溢れた目でこちらを見ていた。今の言葉は強がりではないのだろう。

どうやら二人の関係性を見誤っていたようだ、と沖野は考えを改めた。

入江は袖崎に心酔しており、袖崎はそれを利用して入江を実験台扱いしているものだと思っていたが、実情は違うようだ。入江はすべてを分かった上で袖崎と共にいることを選んだ。仮にそれが洗脳のような状態だったとしても、こちらの説得には耳を貸そうとしないだろう。

ならば、今ここで打てる手は一つしかない。

「率直に言おう。彼を解放してくれないか」と沖野は言った。「このままでは人生が歪んで元に戻れなくなってしまう。別に、俺はお前の邪魔をするつもりはない。一人でテトラヒドロカンナビノールもどきを作って、ひと時の快楽に身をゆだねていればいい。もしそれが危険なドラッグとして広まるのであれば、警察への通報を躊躇《ちゅうちょ》しないが」

「……意外だな」

「何がだ？」

「沖野が他人のために動いていることがだよ。学生時代のお前は、良くも悪くも自己中心的だった。ただ自分の目標のためにだけ行動するという、強烈な信念があった。俺はそんな風には振る舞えなかった。ある意味では、お前を尊敬していたよ」

「……そんな風に思われていたとはな」と沖野は肩をすくめた。「あの頃はただ世間知らずだっただけだ。強いポリシーがあったわけじゃない」

「あれが素の自分だったのなら、自己中心主義がお前の本質ということになる。入江くんはお前の教え子でもなんでもないんだろう。なぜ彼の人生に介入する？」

「仕事だからだ。俺は学生のモラルを守る役職を仰せつかっている」

「それはこじつけだ。入江くんは大学を辞めようとしている。それを止めようとする理由が他にあるはずだ」

「いや、真っ当な判断だと俺は思っている。仮に中退したとしても、犯罪行為に手を染めていたことが明るみに出れば、彼の経歴があちこちに知れ渡ることになる。大学の評判が下がる恐れがあるなら、今のうちに手を打っておきたい。それだけだ」

「……分からないな。なぜ四宮大学を守る必要があるんだ？　お前とは縁もゆかりもない場所じゃないか」

「縁ならもうできている。四宮大に来てから、数えきれないほどの人間と接してきた。悪評が広まれば、彼らは悲しむだろう。自分の努力でそれを防げるのなら、人助けくらいはするさ」

沖野はこれまで出会った人たち、そして舞衣を思い出しながらそう言った。

舞衣は常に、大学に関わる人々のための行動を心掛けている。その信念は、行動を共にするうちに頭に刻み込まれてしまうほど強固だ。

「こんな議論をしても仕方ないな」と袖崎がため息をつく。「俺はやりたいように生きると決めている。誰に何と言われようと、一度決めたことを変えるつもりはない」

「そうか。もしかしたらと期待していたが、甘かったか」と沖野は首を振った。「頑迷《がんめい》だな。学生時代のお前は、もう少し周囲との調和を意識していたように思うが」

「あれはある種の演技だよ。あの頃の俺は、なるべく多くの人間と友人になることが人生を豊かにする最善の方法だと信じていた。だからそのための努力をしていた。馬鹿《ばか》相手には馬鹿な話題を振ってやったし、それなりのレベルの人間にはそれなりの議論を吹っ掛けてやった。それが正しいと思っていたから、別に苦痛ではなかったけどな。自然にやっていたんだ」

「……その考えは、もう捨てたみたいだな」

「ああ。アメリカで人生の真の豊かさに気づいたからな」

遠くを見るような目で袖崎が言う。やはりな、と沖野は思った。

「向こうで大麻の魔力に飲み込まれたんだな」

「真理に至ったと言ってくれ」袖崎が妖《あや》しい笑みを浮かべる。「人間には、テトラヒドロカンナビノールを受け入れる仕組みがある。そして、それによってより高次のステージに到達することが可能になる。つまり、大麻と共に生きることこそが、人生を豊かにする最善の方法の一つなんだ」

「暴論もいいところだ」と沖野は即座に言い返した。「それは、別の用途に使われるべき部位に、たまたまテトラヒドロカンナビノールが作用したというだけだ。真理でもなんでもない。お前はただ、自分に都合のいいように物事を解釈しているだけだ」

「そうか。やはり理解できないか。惜しかったな。『こちら側』に来るチャンスを与えたつもりだったんだが」

「……これ以上、お前と話すことはないようだ」と沖野は袖崎に背を向けた。

「俺も同感だ。どうしても入江くんを取り返したいなら、お前のやり方でやってみるんだな。『低いステージの論理』で彼を説得できるとは思えないがな」

　背後で袖崎が声を立てて笑い始める。その笑い声に、沖野は感情の暴走を感じた。袖崎は今、大麻の影響下にあるらしい。血液を分析すれば、テトラヒドロカンナビノール誘導体が検出されるだろう。

　林の中の坂道を下りながら、「……俺のやり方か」と沖野は呟いた。

　袖崎と話したことで、やるべきことは見えてきた。ただ、「答え」にたどり着いたところで、それですぐ解決というわけにはいかない。

　状況を変える手段があるとすれば、袖崎たちがテトラヒドロカンナビノールを摂取している方法を突き止め、それを大本《おおもと》から断ち切ることだろう。果たしてそんなことができるのかどうか、現時点では判断できなかった。

　急な坂の途中に、沖野は舞衣を見つけた。心配そうにこちらを見ていた彼女と目が合う。

　自分が神妙な顔をしていたら、舞衣を不安にさせてしまう。沖野はポケットに手を突っ込み、平然とした表情を作って彼女のところまで下りていった。

「どうでしたか」

「議論は平行線だな」と沖野は首を振った。「袖崎を止めることは無理そうだ」

「そうですか……」

「まあ、俺たちのやることは変わらない。テトラヒドロカンナビノールの摂取経路を明らかにしよう。すでに、これだろうという候補はある」

「え、本当ですか！」

「調査が必要だ。少し時間をくれないか。俺の方で調べてみる」

沖野は舞衣を追い越して歩き出した。

すぐにでも文献調査に取り掛かりたいところだが、袖崎のことはいったん忘れなければならない。これからまた、「強敵」との対面が待っているからだ。


四宮大学の近くで舞衣と別れ、沖野は理学部一号館にやってきた。

ロビーのベンチに座り、大きく息をつく。ポケットに入れたままだった腕時計で時刻を確認する。約束の時間の午後一時まであと二十分になっていた。思ったよりギリギリになってしまった。

腕を組み、考えを整理しながら相手の到着を待つ。

五分ほど経った時、ふいに外が光った。少し遅れて、ゴロゴロと低い音が聞こえてくる。雷《かみなり》だ。外がやけに暗くなっている。まるで、待ち合わせ相手が雷を連れて近づいてきているかのようだ。

稲光《いなびかり》から二分後。理学部一号館の玄関に、背の高い人影が現れた。

カラスを思わせる漆黒《しっこく》のスーツと、流氷《りゅうひょう》のごとき白い肌。以前より白髪《しらが》の割合が増えただろうか。ただ、吊《つ》り上がった眉は黒く、その眼差しの鋭さは出会った頃とまったく変わっていない。

沖野は自動ドアに歩み寄り、「ご無沙汰しております、氷上《ひかみ》さん」と男を迎え入れた。彼は沖野の大学時代の先輩で、同じ研究室で何年も共に研究に明け暮れてきた相手だ。

「よくもまあ、そんな平然としていられるな」

氷上がそう言って沖野を睨みつける。

「どうされましたか」

「どうもこうもないッ！　どうしてマイセン王国への招聘《しょうへい》の件で連絡を寄越《よこ》さなかったんだ！」

激高《げっこう》した氷上の声が、無人のロビーに響き渡る。沖野は氷上の視線を受け止め、「どちらでそのことを？」と尋ねた。

「決まってるだろう。村雨先生が教えてくれたんだ」

「やはりそうですか。まあ、この件について知っているのはマイセン王国の人間と村雨先生だけですからね」

「……で、どうするつもりなんだ」

沖野は天井に指を向けた。

「上で話しましょうか」

「いや、ここで構わない。長々と話し込むつもりはない」

氷上がロビーのベンチに腰を下ろした。強引さは相変わらずだ。沖野は小さく息をつき、氷上の隣に座った。

「今日は、何のためにここに?」と沖野は尋ねた。氷上から連絡があったのは昨日の夜のことだった。「明日、午後一時にそちらに行く。予定を空けておけ」とだけ告げて、氷上はさっさと電話を切ってしまった。

「だから、マイセン行きの件について詳しく聞くために来たんだ」

「わざわざそのために東京から? 電話で済む話じゃないですか」

「お前の顔を見て話す必要があると判断した。それくらい重要なことだろうが」

東京から四宮までは、軽く三時間はかかる。氷上は相当気合が入っているようだ。

「……非常に申し訳ないのですが、何も話せることはありません」

「守秘義務があるのか」

「いえ、結論が出ていないという意味です」と沖野は正直に答えた。

「そんなことだろうと思った」と氷上が呆れたように呟く。「いいか。お前には二つの選択肢がある。マイセンに行くか、東理大に戻るか。このどちらかだ」

「……四宮大に残るという選択肢はないんですか」

「そんなものは論外だ。お前に何のメリットももたらさない、愚かな選択だ。考える価《か》値《ち》もない」と氷上は断言した。

　沖野は膝の上で手を組み合わせ、「迷っているのは事実ですが、東理大への復帰は選択肢に入っていません」と言った。

「マイセンの王立科学研究所に比べると条件が悪いからか。確かに給与に関しては、無《む》尽蔵《じんぞう》に上げられるわけではない。だが、学生の質に関してはどんな研究施設にも劣らないという自負がある」

「金のことでも、学生のことでもありません」

「じゃあなぜだッ！」と氷上がベンチの座面に拳を叩きつけた。「今回だけじゃない。以前からお前は東理大への復帰を拒み続けている。その理由は何なんだ？　四宮にこだわり続けているのはなぜなんだッ！」

「……四宮大学のことは、この件に関しては関係ありません。俺はもう、東理大には戻らないと決めているんです。もし四宮大を離れ、次の職場を探すことになったとしても、氷上さんの研究室だけは選択肢に入らないでしょう」

「お前……」と氷上が顔をしかめる。「そんなに俺のことを嫌っていたのか」

「好き嫌いの問題じゃないですよ。俺は昔も今も、氷上さんのことを尊敬しています」

「じゃあ、どうして……」

沖野はため息をつき、組み合わせた自分の手に視線を落とした。

「……服部《はっとり》くんのことを、時々夢に見るんです。彼はなかなかの才能の持ち主でした。勘がいいというんでしょうか。研究のボトルネックになりそうな課題を見定めるのがうまかった」

「ああ、確かにな」と氷上が頷く。「粗削《あらけず》りだったが、センスは確かにあった」

「しかし、その才能は永遠《えいえん》に失われてしまいました」

服部は、沖野が東理大で助教をしていた頃に研究室にいた学生だ。彼は指導員である氷上に心酔していた。そして、村雨の定年後に氷上が研究室のトップに就くことを望んでいた。

その強い願いが、服部から冷静さを奪ったのだろう。彼は沖野を陥《おとしい》れようとした結果、不幸なトラブルに巻き込まれ、そして命を落とした。

「……あれは事故だ。彼の死は、お前のせいではない」

「それは分かっているつもりです。ただ、俺と氷上さんの関係が、服部くんの行動に影響していたのは確かです。彼は氷上さんを誰よりも尊敬していた。だから、俺が村雨先生の跡を継ぐことをひどく恐れていたんです。……そのことに気づいていましたか？」

「……いや、想像したこともなかった」と氷上は硬い表情で首を振った。

「氷上さんと一緒に研究すれば、俺は今よりも早く、そして大きな成果を出せると思います。頭の回転も速くなるし、研究への没入度合いも深くなるでしょう」

「それの何が悪いんだ」

「予感があるんです。俺らしさが失われて、氷上さんのコピーになってしまうという予感が」

「……それはお前の思い込みだ」

「そうでしょうか。俺は間違いなく、氷上さんに追い付こうと努力をするでしょう。そしておそらく、ある程度のレベルにまでは到達できるはずです。その結果、研究室内に『氷上派』と『沖野派』のような対立が生じる恐れがあります。それは研究室の不利益にしかなりません」

「……だから、考えすぎだ」

「杞憂《きゆう》かもしれないとは思いますよ。ですが、服部くんという前例がある以上、それを考えないわけにはいかないんです」

沖野はそこで深い吐息を落とした。

「最近になって分かってきたんです。俺は自分が考えている以上に、周囲に影響されやすいんだってことが。氷上さんのそばにいれば氷上さんの真似をしてしまう。そしてそれは、研究室に停滞や混乱をもたらしかねない。だから、一緒にはいられないんです」

沖野は自分の考えを初めて氷上に打ち明けた。

氷上はロビーの柱をじっと見つめている。

また雷鳴《らいめい》が轟《とどろ》き、雨が降り始めた。かなり激しい雨だ。バチバチと雨粒が地面を叩く音が聞こえてくる。

「……それは、今この場で考えたことか」

「いえ、東理大を離れると決めた時です。それから、俺の気持ちはずっと変わっていません」

「なら、もっと早く言えばよかっただろうが」

「言わずに済ませたかったんですよ。まさかここまで氷上さんが粘るとは思いませんでした」と沖野は苦笑した。

「粘るに決まっている。俺の右腕にしたかった。お前はそれだけの能力がある」

「ありがとうございます。何よりの褒め言葉ですよ」

そこでまた氷上が黙り込む。

ドラムロールのような雨音がロビーに響き渡っていた。

「……沖野。お前はマイセンに行け。研究者の全盛期は短い。いつまでもここでくすぶっていたら、何も成果を残せないままこの世界を去ることになる」

氷上は抑揚《よくよう》を抑えた声で言い、ベンチから立ち上がった。

「東京に戻られるんですか」

「お前が東理大への復帰を決めていれば帰るつもりだったが、一泊することにした。せっかくだから、こっちに住んでいる研究者と会うさ。何の手土産もなしに帰京するなんて無駄なことはしたくない」

「そうですか。……もうしばらく考えてみますよ。たぶん、結論が出るまでそう時間はかからないと思います」

「そんな報告は必要ない。出した答えだけ聞かせろ」

氷上は短く言って歩き出そうとする。

「あ、ちょっと待ってください」

沖野は急いで二階に上がり、黒い傘を持って戻ってきた。

「生協で買った安物です。持ち帰ってもらって結構ですよ」

「……いずれ返しに来る。次に会うのは、お前の送別会の時だな」

氷上はその言葉を残し、理学部一号館を出ていった。

黒い傘はすぐに見えなくなる。沖野は誰もいなくなった正面玄関に一礼し、くるりと踵《きびす》を返した。

——天波山に行かないか。

2

沖野からその連絡があったのは、翌週の月曜日のことだった。詳細な説明はなかったが、声の感じで彼が真相に近づいていることは感じ取れた。推理は完成し、あとはそれを立証するだけ……そういう段階に来ているらしい。

土日まで待つのは時間の無駄なので、舞衣は休暇を取ることを即断し、「明日、行きましょう」と答えた。

十一月十日、火曜日。舞衣は午前七時に自宅を出て、車で沖野のアパートに向かった。沖野は昭和《しょうわ》を舞台にした映画のセットかと見まがうような、古い木造アパートに住んでいる。

そちらを目指して住宅街の中の路地を進んでいると、小さな公園の前に立っている沖野を見つけた。舞衣はそちらに近づき、運転席の窓を開けた。

「おはようございます。どうしてこんなところに？」

「アパートの大家《おおや》さんが散歩をしているのを見掛けたんだ。アパートの前で待ち合わせると、彼女に見つかって話し掛けられる可能性が高い。君のことを説明するのが面倒だったから、避難してきたんだ」

「ああ、なるほど。っていうか、いいかげん引っ越しませんか。週間天気予報によると、強烈な台風がやってくるらしいですよ。雨漏りで済めばまだいいですけど、突風で建物が崩壊《ほうかい》する恐れがありますよ」

「今から引っ越しても間に合わないだろう」と沖野が助手席に乗り込む。「古いのは確かだが、逆に言えばそれだけの年月を耐《た》えてきたわけだ。台風だって何十回も乗り越えている。今回もきっと大丈夫だ」

「非科学的に聞こえますね、なんとなく」と笑って、舞衣は車を発進させた。

「無理やり信じようとしている面はあるな。不安になったら、もう二度とあそこに住めなくなる」

「……現実から目を背《そむ》けてるだけじゃないですか。やっぱり引っ越した方がいいですよ。庶務課でいい物件を案内しましょうか？」

「いや、今はいい。それより、今日の作業について話す方が重要だ」

「そうでした」と舞衣は表情を引き締めた。「説明をお願いします」

「袖崎たちが大麻類似成分を摂取した方法に心当たりがあると言っただろう。俺の予想では、大麻ではない別の植物を利用しているのではないかと思う」

「ビニールハウス内で栽培されている植物でしょうか」

「それは何とも言えないな。あれがただのカムフラージュで、本命は山中の別の畑という可能性も充分に考えられる。いずれにせよ、袖崎や入江くんを問い詰めても、本当のことを話しはしないだろう。自分で調べ上げて、事実を突き付けるしかない」

「なるほど。ちなみに、『別の植物』というのは何なんですか」

「そこをじっくり考えてみた。そもそも、なぜ袖崎が四宮に着目したのか、というのが大きな疑問としてある。この地に何かあると知ったから、転入してきた。そう考えるのが自然だろう。では、どのような手段で『知った』のか、という疑問が出てくる」

「インターネットか本か、あるいは噂か……」

「袖崎は大麻の有効成分である、テトラヒドロカンナビノールを生み出す植物に興味を持って調べていたと思う。実は、大麻草以外にもそれを産生する植物はある。論文で報告されているんだ。主な自生地はコスタリカとニュージーランドだそうだ。そして、その植物に非常に近いものが四宮に自生していることが、別の論文に記載されていた。だから、袖崎は四宮に来たんだろう」

「その植物にも、大麻と同じ成分が含まれているんですか」

「論文には、詳細な成分分析データはなかった。報告されたのが三十年以上前だからな。技術的に検出できなかったか、そもそも含まれていることに気づかなかったんだろう」

「確証もないのに、袖崎さんはその植物に着目したんですか」

「そういうことになるな。それくらい、大麻を強く求めていたんだ。逮捕されずに、大っぴらに陶酔感《とうすいかん》を味わうためにな」

「それが沖野先生のたどり着いた推理ってことですか。規制されていない植物なら、育てても罪には問われないと」

「そういうことだ。袖崎たちはそいつを集めて品種改良に取り組んでいるんじゃないかと思う。テトラヒドロカンナビノールをより多く産生するものを生み出すためにな」

「なるほど。……でも、袖崎さんの住まいには成分を分析できるような機器はなさそうでしたけど」

「分かっている。だから、袖崎は『試作品』を自分たちの体で試して、効果を見定めているんじゃないかと思う」

「……入江さんを、そんな危ないことに巻き込んでいるんですか」

「たぶんな。『被験者の確保』こそが、入江くんを助手として雇っている一番の理由なんじゃないかと睨んでいる」

「入江さんはそれを知っているんでしょうか」

「袖崎と話した印象だが、どうやらそうらしい」

舞衣はため息をついた。「都合よく利用されているだけだから離れた方がいい」という方向の説得は通じそうにない。

「……問題の植物を見つけ出して、テトラなんちゃらが含まれていることを証明する。そのデータを二人にぶつけて、それで解決するでしょうか」

「分からない。……そいつをこの世から根絶《ねだ》やしにできれば手っ取り早いんだが」

「そんなことができるんですか？」

「特定の植物だけを枯らす菌《きん》、もしくはウイルスがあれば可能だろうな。ただ、それを狙《ねら》って生み出すには、相当の年月が必要になる。現実的な解決策にはならない」

「警察へ通報するのはどうですか」

「法律による規制がない以上、手出しはできないと思う。その植物の危険性が認められれば、法律を改正して処罰の対象にすることは可能だろうが……こっちも相当に時間がかかるだろう」

「……つまり、やれることは相手の良心に訴えるしかないと……」

「そこがスタートラインにはなるだろうと思う。相手の出方を見て、次の策を考えることになるだろう」

「……了解です」

沖野は袖崎たちの秘密に迫りつつある。ただ、仮に真相に至ったとしても、何も解決しないかもしれない。舞衣は改めて、自分たちが取り組んでいるトラブルの厄介《やっかい》さを痛感した。

とはいえ、何もやらないよりは行動する方がずっといい。自分たちの進む道の先に、明るい未来が待っている。そう信じるしかない。

舞衣は天波山の中腹にある小さな駐車場に車を停めた。袖崎たちのアジトからだと、二キロほど手前になる場所だ。

道端に設けられた駐車場には屋根の付いたベンチと飲料の自動販売機があった。他に車は一台も停まっていない。

「どこから山に入るんですか」

「あそこだな」と沖野が山の斜面を指差した。駐車場にまで枝を伸ばした木々の間に隙間があった。幅が一メートルにも満たない細い坂道が、森の奥へと続いている。

「……もうちょっとハイキングっぽい感じかと思ってました」と舞衣は眉根を寄せた。山の中を歩くとは聞かされていたが、ここまで自然に近い場所だとは思わなかった。

「ここはれっきとしたハイキングコースの入口なんだけどな」と沖野が頭を掻く。「もう、それらしき看板《かんばん》もないな」

「三十年前はもっと賑《にぎ》わっていたんですかね」

「ここにはバスの停留所があったんじゃないか。今は単なる休憩スペースになっているようだが」

「……まあ、文句を言っても仕方ないですね。急に曇ってきましたし、さっさと行きましょう」

舞衣はリュックサックを背負い、ポーチを腰につけて歩き出した。

沖野は袖崎が読んだと思われる三十年前の論文の著者に連絡を取り、問題の植物を採取した場所を聞き出していた。ハイキングコースの道中にある岩場だったそうだ。

ちなみに発見者は四宮大学の理学部で植物の産生成分の研究を行っていた人物で、奇遇にも沖野がいま研究室として使っている部屋にいたらしい。「山歩きをするならぜひ同行したい」と言われたが、その研究者はもう八十五歳だった。沖野は「お気持ちだけありがたく頂戴《ちょうだい》します」と場所だけ聞き出して、丁重に断ったそうだ。

落ち葉に覆われた暗い細道は、蛇のようにぐねぐねと曲がりながら上へ上へと続いている。葉が湿っているので歩きづらい。ところどころに木の柵があったが、かつて手摺だったそれは朽《く》ちてボロボロになっていた。

「入江さんも、ここを歩いたんでしょうか」

「いや……論文に、具体的な場所の……記載は、なかった。だから、歩いて、あちこち探し回ったんだと……思う」

息を切らせながら沖野が答える。「いや、いくらなんでもバテるのが早すぎませんか」と舞衣は突っ込みを入れた。

「君より、俺の方が、体が重い。……はぁ、位置エネルギーを増加、させるのに必要な、運動量が、それだけ、多いんだ。疲れるのは……はぁ、当然だ」

「いいですよ、無理して反論しなくても。まだまだ長いみたいですし」

「……そう、だな。……悪いが、後ろに回ってくれ。周りを、見回しながら、少しずつ進んで……はぁ、くれないか」

「例の植物を探せってことですね。了解です」

道の端に、ちょうどいい長さの枝が落ちていた。「これ、杖として使ってください」と沖野にそれを渡し、前後を交代した。

ウエストポーチから、サンプル採取用の小さめのポリ袋を取り出し、それを握って歩き出す。

探している植物の画像は、八十五歳の老研究者から借りた写真で確認済みだ。緑と茶色の部分が入り混じった迷彩色《めいさいしょく》のような色合いで、森の中で見つけるのはいかにも難しそうだった。

落ち葉の間にそれらしきものがないか、目を凝らしながら進んでいく。それにしても薄暗い。厚い雲が空を覆っている上に、枝葉も伸びて重なり合っている。懐中《かいちゅう》電灯が欲しくなるほどだ。

沖野は枝を支えに一歩ずつ山道を上がっていく。その後を追ってゆっくりと進んでいくが、目当ての植物らしきものは見当たらない。

　そうして細い道を歩いていると、ぽつぽつと音が聞こえてきた。

　それが葉に当たる雨音だと気づいた直後に、機関銃《きかんじゅう》のような音と共に大きな雨粒が降り注いできた。

「うわ、いきなり来ましたね。先生、レインコートは？」

「……持ってきてないな、何も」

「いや、どうして準備してないんですか。言い出しっぺは先生じゃないですか」

　よく考えてみたら沖野は手ぶらだ。水さえ持っていない。

「……すまん。気安く考えすぎていた。フィールドワークには慣れてないからな」

　さすがにレインコートは自分の分しか用意していない。傘ならともかく、羽織《はお》るものを二人で分けるのは不可能だ。

「どうしましょう……いったん戻りますか？」

「そこのカーブに、雨宿りできそうなところがある。そこで待ってみよう。レインコートがあろうがなかろうが、この雨脚《あまあし》の中で歩き続けるのは危険だ」

「じゃ、急ぎましょう。ずぶ濡れになったら体温が一気に奪われますよ！」と沖野の背中を押しつつ、カーブにせり出した巨大な岩の下に逃げ込んだ。

　岩の下の空間は狭い。大人二人がぎりぎり並んで座れる程度だ。

舞衣は持ってきたレジャーシートを地面に敷き、沖野と並んでそこに腰を下ろした。体育座りをしても肘がぶつかるほど、スペースに余裕がない。

「……さすがに窮屈《きゅうくつ》だな」と沖野が呟く。

「まあ、休めるだけよしとしましょうよ」

「それにしても準備がいいな」と沖野がアルミのレジャーシートを指でなぞる。

「何時に終わるか分からなかったので、いつでも休めるようにしたいなと思いまして。あ、おにぎりも作ってきました。先生の分もありますから、またあとで食べましょう」

「わざわざ弁当まで？　悪いな、コンビニで何か調達してくればよかった」

「気にしないでください。勝手にやったことなので」

「……そういえば、君の作った料理を食べたことはなかった気がするな」

「あれ、そうでしたっけ」と舞衣は首をかしげた。

「今、一つもらってもいいか。朝食が早かったから小腹が空いた」

「もちろんいいですよ。中身は何がいいですか？　梅干し、おかか、たらこ、あと、ドライカレーもありますけど」

「……珍しい具だな。肉味噌《にくみそ》みたいな感じか？」

「そうですね。先生ってカレーが好きだから、喜ぶかなって。本当は外のお米をターメリックライスにしたかったんですけど、そこまで余裕がなくて。白ご飯です」

「せっかくだ。それをいただこうか」

「了解です。あと、ミネラルウォーターもあります。五〇〇ミリリットルのを四本持ってきたので、一本差し上げますよ」

「至れり尽くせりだな。ありがとう」

リユックサックからタッパーを取り出し、ラップに包んだおにぎりを差し出す。沖野は慎重にラップを剝《む》き、おにぎりにかじりついた。

「……うん、スパイスが効いてるな。塩分もちょうどいい。一〇〇点の出来だな」

「そう言ってもらえるとすっごく嬉しいです。山の中で食べると一段と美味しく感じますよね。天気だけが残念です」

舞衣はにっこりと笑ってみせた。気温が下がってきていたが、心はぽかぽかと温かかった。

雨はまだ降っている。さっきよりは少し勢いが弱まったが、止む気配はない。

目の前の細い山道を雨水が流れていく。まるで小川だ。ただ、舞衣たちがいる場所は少しだけ高くなっているので、こちらにまで水が流れ込む様子はなかった。

しばらく、雨に煙る木々の幹を眺めて過ごす。

「……ユリヤ王子の件、進展はあったのか？」

ふいに沖野がそんな問いを口にした。

「お母様の遺された言葉のことですか。あれはまだ答えは出ていないです。謎解きに協力してくれって頼まれたんですけど、王子の方から『あとは自分で答えを出します』と言われたので、最近は特に何もしていないです」

「王子は今はどうしているんだ？」

「毎日、多華子さんを連れて天波山の展望台に足を運ばれているらしいですよ。前にそこを訪ねた時に答えを思いつきかけたみたいで、一日に何時間もそこで閃きがやってくるのを待っているそうです。あとは近隣の街の市長や政治家と会ったり、四宮市内を見て回ったり……そんな感じみたいです」

「じゃあ、そっちの方はある意味君の手を離れたわけだな」

「そうですね。また協力してくれと言われたら、やれることを考えますけど」

「……もう一つの方はどうなんだ？」

「もう一つ……と言いますと」

「王子の結婚相手探しのことだ。本人から直接事情を伺ったよ」

「ああ、そうだったんですか。そっちの方も進展はないです」

「王子と毎晩会ってるんだろう？」

「食事をご一緒してます。二時間くらいはあれこれ雑談する感じですかね。さすがにもう話題が尽きてきました」

「なかなか決断できないものなんだろうな」

「どこからどう見ても人生の最大のターニングポイントですからね。そりゃまあ、悩みますよね」

「王子は結婚相手として申し分ない相手だと思うが」

「完璧すぎて逆に悩む、ってことはありますよ。身分の違いも気になるでしょうし」

「……そうか」と小さく息をつき、沖野はペットボトルの水をぐいっと飲んだ。「実は、俺にも王子からマイセン行きのオファーが届いている」

「マイセン行き……って、どういうことですか？」

「王立科学研究所に来ないかと誘われたんだ。研究所のトップを任せたいと言われた」

思いがけない沖野の言葉に、舞衣は息を呑んだ。

――沖野が四宮からいなくなる？

そういう可能性を考えたことはある。ただ、これほど急だとは思わなかった。なんとなく、ずっと遠い将来の出来事をイメージしていた。

「驚かせてしまったみたいだな」

「……そりゃまあ、驚きますよ。でも、王子ならそういうことをおっしゃってもおかしくないかなという印象です。自分の気持ちに素直な方ですから」

「四宮を訪れるに当たり、いくつも目的を定めておられたんだろうな。さすがだよ」と沖野は呟く。

「それで、オファーを受けたんですか？」

「まだ返事はしていない。いい機会だから、じっくりと考えさせてもらっている。王子が帰国するまでには結論を伝えるつもりだけどな」

「そうですか。……マイセン王国の科学研究のレベルがよく分からないんですけど、責任のある立場になるってことは、栄転ですよね」

「そう評価して差し支えないだろう。自分の裁量でやれることは格段に増える。おそらく、自由に使える予算も相当額になるんじゃないか。もちろん、それに見合う成果を求められるだろうけどな。ハイリスク・ハイリターンの立場だよ」

「そういう、ヒリヒリするようなポジションに憧れはあるんですか？」

「それはない」と沖野は首を振る。「研究に没頭できる環境への興味はあるが」

「……四宮大だと、余計な仕事も多いですしね」と舞衣は嘆息した。「すみません、いつもいつも迷惑を掛けてしまって」

「それを迷惑と断定していいのか、という疑問はある」

沖野がこちらを向く。思いがけなく、至近距離で見つめ合う格好になった。

沖野は慌てた様子で正面に向き直り、軽く咳払いをした。

「……何が自分にとってプラスで、何がマイナスなのか。それは、何十年も経ってみないと分からない。面倒だと思ったことが、ずっと後で大きな成果に結びつく可能性だってある。だからまあ、謝ることはないんじゃないか」

「意外です。そんな風に捉えてくださっていたんですね」

「最近、いろいろと考えることが多くてな。なるべく前向きに受け止めようとはしている。自分の過去の行動を否定しても、ただ暗い気分になるだけだからな」

「いい傾向だと思います。とても」

「君に影響されているのかもしれないな」と沖野が微笑する。

「私ですか？　特に何もしてないですけど……」

「いつも積極的にトラブルに首を突っ込むじゃないか。それが続くのは、自分の行動をポジティブに受け止めているってことだ。君はいつも呆れるほど前向きだ」

「……褒める時は、『呆れる』なんていう単語はいらないですよ」

「じゃあ、『底抜けに』かな」

「それもなんか嫌ですね。間抜けっぽく聞こえます」

「注文が多いぞ」

「沖野先生に褒めていただける機会は貴重なので、なるべくいい形にしたいんです。きっと、長い間記憶に残ると思いますから。美しい思い出にしたいじゃないですか」

「独特な考え方だ」

沖野が苦笑した時、舞衣は眩《まぶ》しさを感じた。いつの間にか雨はやんでいて、梢《こずえ》の隙間を抜けた光の粒が地面を明るく照らしていた。

「あ、やみましたね」

「通り雨だったみたいだな」

舞衣は岩の下から抜け出して、「うーん」と伸びをした。「探索を再開しますか」

「そうだな。ただ、岩場には行かない方がよさそうだ。雨で濡れて滑りやすくなっているだろうからな」

「そうですね。落ちたら終わりですし」

沖野の方を振り返った時、ふと大岩が目に入った。岩肌に植物がへばりついている。手を伸ばし、それをむしり取る。

画像を確認しなくても、不思議と確信があった。自分たちはすでにゴールにたどり着いていたのだ。

「先生、これってもしかして……」

手の中の植物を沖野に見せる。

沖野は一瞬驚いた表情を浮かべ、それから「まさしく灯台下暗《とうだいもとくら》しだな」と笑った。

3

仮眠を取っていた入江は、激しい風の音で目を覚ました。

布団から起き上がる。四畳半の和室は薄暗い。枕元のスマートフォンで時刻を確認すると、午後四時を過ぎたところだった。

巨人の雄叫《おたけ》びを思わせる、ものすごい風が吹いている。家全体が左右に揺れているのが分かる。昨日の朝、袖崎の家にやってきた時は、まだ雨だけだった。それから少しずつ風が強まっている。雨脚もかなり激しい。バチバチと屋根に雨粒が叩きつけられる音が響いてくる。雨はもう、丸一日以上も降り続いていた。

台風が最接近するのは午後七時頃と予想されていた。いつもならそろそろ自宅に戻る時間だが、外に出るのは自殺行為だ。今夜もここに泊まるしかない。

……袖崎さんはどうしているだろう？

ふすまを開けて和室を出ると、居間の畳に大の字になっている袖崎の姿があった。とろんとした目で、薄汚れた天井を眺めている。明らかにトリップ中だった。

室内には焦げたパンのような香りが漂っている。ちゃぶ台の上には金属製のハンドパイプが転がっていて、先端の火皿の部分からこぼれた燃えかすが散らばっていた。その隣には、枯草色の小さな丸い塊《かたまり》を収めたプラスチックのケースが置いてあった。中身は、袖崎と入江が作った特別製の「草」だ。一回に使う分ごとに小分けしてある。

袖崎がゆっくりとこちらに目を向ける。

「ああ、起きたか……。君もやるといい。今回のはなかなかいい出来だ」

その誘いをいったん無視して、「外の様子はどうですか」と入江は尋ねた。昨日のうちにビニールハウスの補強は行っているが、台風の直撃を受けるのは今回が初めてだ。強風に耐えられるかどうかは未知数だ。

「まあ、大丈夫だろう。家の周りは木に守られている。吹き飛ぶようなことはないさ。人事《じんじ》を尽くして天命《てんめい》を待つ、だ。今の俺たちにできるのは、ただ時間が経つのを待つことだけさ」

にやにやしながらそう言い、「ああ、この揺れが気持ちいいな。まるでゆりかごだ」と袖崎は目を閉じた。

確かに、できることはもう何もないのかもしれない。入江は卓上のハンドパイプを手に取り、火皿に「草」を詰めた。

ライターで火をつけようとした時、スマートフォンに着信があった。画面には舞衣の名前が表示されていた。

無視しようかとも思ったが、なぜか無性に気になった。ぼんやりしている袖崎を居間に残し、入江は和室に入った。

ふすまを閉め、「もしもし」と電話に出る。

「七瀬です。今どちらにいるんですか」

聞こえてきたのは切羽詰《せっぱつ》まった声だった。

「どちらって、そりゃまあ、いつものアルバイト先っすけど」

「今すぐに山を下りてください！　大雨の影響で、天波山の西側で大規模な土砂崩《どしゃくず》れが発生しています。道路が土砂で埋まって通れなくなっているんです。今ならまだ、山の東側の道路は通れますから！」

「いや、急に言われても……」と入江は頭を掻いた。「この天気で下りの山道を走るのはちょっと……」

「過去の災害《さいがい》データを見てみたんです。そうしたら、入江さんが今いる近くでも、数年前に土砂崩れが起きていたんです。次はそこが崩れる可能性もあります。自力での下山が難しいのであれば、消防に通報します。斜面が補強されている場所なら、そこよりはまだ安全だと思います。確か、ミニバンがありましたよね？　少しでも安全な場所に移動してください、今すぐに！」

「……分かりましたよ。袖崎さんと相談してみます」

電話を切ろうとスマートフォンを耳から離す。と、そこで「待ってください」と舞衣の声が聞こえた。「どうしても伝えたいことがあります」

「なんすか」

「あなたたちが栽培している植物の正体が分かりました。それを実際に採取して、成分を調べた結果、テトラヒドロカンナビノールによく似た物質が検出されています。その植物は、イワケビラゴケという名前の苔です」

舞衣の指摘に、入江はとっさに「は？　何のことっすか」と白《しら》を切った。

急激に心拍数が上がっている。まさか、「草」の正体に気づかれるとは思ってもみなかった。

「ごまかしても無駄です。イワケビラゴケの成分と、入江さんの毛髪から検出された成分は一致しています。その物質は、今まで一度も文献などで報告されたことのないものです。他の経路で体内に入ることはまずありえません」

「毛髪なんていつ調べたんすか。……まあいいや。で、だからなんだって言うんすか。俺たちが育ててる植物はどれも合法なんすよ」

「栽培条件を変えて苔を育てているのは、より強い効果を持つものを人為的に生み出すためですね？　そして、入江さんはその効果を自分の体で試していますね？」

入江は沈黙を選択した。反論しようが嘘をつこうが、舞衣の勢いを止められる気がしなかったからだ。

「合法だろうが違法だろうが、あなたたちが作っている物質は体に悪影響を及ぼすものです。このままでは、命を落とす危険があります。一刻も早く中止すべきです！」

「……大げさっすね」と入江は苦笑した。「そんなに危ないものじゃないっすよ」

「袖崎さんがそう言ったんですか？　彼は薬学の専門家ではありません。鵜呑《うの》みにするのは危険です」

「……その話はまた今度で。避難するかどうか考えますんで」

舞衣の反応を待たずに電話を切り、ついでに主電源をオフにした。

スマートフォンを布団の上に放り投げ、入江は居間に戻った。袖崎は畳の上に転がったままだ。目も口も半開きだ。快感の海にどっぷり浸《つ》かっているのだろう。

入江は彼のそばに座った。

「……袖崎さん。俺たちのやってることがバレたみたいです」

小さな声でそう報告する。

袖崎は無反応だ。左側の口角が下がっていて、不愉快そうな顔つきになっている。一転して、悪夢でも見ているらしい。ドラッグでトリップしている時、たまにそうなることもある。

「……今年の夏に、ツリーズで俺に連絡をくれたじゃないですか。あの時、俺は本気で死のうと思ってたんです。生きてても本当につまんなくて、なんていうか、面白くないアプリをアンインストールするみたいに、人生をぱっと終わらせたくて仕方なかったんですよ。……でも、袖崎さんの夢を聞いて、光が見えた気がしたんです」

袖崎は最初から、本音で話してくれた。大麻と同じ効果を持つ苔があること。それを品種改良して、もっと効果の強いものを作ろうと考えていること。効果を自分の体で試すつもりであること。そして、研究の協力者が必要なこと。袖崎は楽しそうに自分の考えを打ち明けてくれた。その明け透けな奔放《ほんぽう》さに惹《ひ》かれて、入江は袖崎に手を貸すことを決めた。

「ドラッグの効果はすごかったです。快感そのものはほんの短時間で終わりますけど、嫌なことを全部忘れさせてくれました。こんな素晴らしいものがあるんだから、くだらないことに悩んでる場合じゃないって、そう思えました。新しい世界を見せてもらって、それで救われたんです」

思いの丈をひと息に打ち明け、入江は大きく息をついた。

なぜか、目尻《めじり》に涙《なみだ》が浮かんできた。それを手のひらで拭い、「これから、どうすればいいんですかね」と入江は疑問を口にした。

理想的なドラッグを作る。その目的のために、入江は袖崎に協力してきた。身の回りの世話だけでなく、山の中の苔を集めたり、その効果を自分の体で試したりした。効率的に遺伝子を組み換えられないかと、実験室に忍び込んだりもした。

まだ大した成果は出ていないが、それなりに充実した日々だったとは思う。

袖崎はもう社会復帰するつもりはないらしい。山の中のこの貧相な家で一生を過ごすつもりでいると豪語していた。

そんな人生も悪くないかな、と入江は思っていた。

だが、最近は「本当にそれでいいのだろうか」と疑問を感じるようになった。

きっかけを作ったのは、舞衣だった。

自分の将来を真剣に考えてくれる人がいる。その気づきが、いつの間にか迷いを生み出していた。

このまま社会からドロップアウトしていいのか。友人や家族を捨てられるのか。ドラッグと共に生きるだけの人生で満足できるのか。いくつもの疑問が常に頭の中に渦巻《うずま》くようになった。

「……でも、今さら手を引くなんて」

ぽつりと呟いた時、低い地鳴りと共に家全体が揺れた。

揺れは一瞬で収まったが、今度はギギギと天井が鳴りだした。

舞衣の忠告が頭の中に蘇る。もしかすると、今のは地滑りの前兆現象か？

ここにいたらやばい。理屈ではなく、直感がそう訴えていた。

「袖崎さん。変な音がしてます。いったん避難しませんか」

声を掛けても袖崎は無反応だ。

肩に手を掛けて体を揺らす。何度かそれを繰り返していると、「があっ!」という叫びと共に袖崎が全身をのけぞらせた。

「そ、袖崎さん? どうされたんですか!」

「い、いいい、痛いいっ」

袖崎は頭を抱えて畳の上で悶《もだ》えている。顔は激しく歪み、口の端からは大量のよだれが流れ落ちていた。

「袖崎さん、袖崎さんっ」

入江の叫びは袖崎には届かない。袖崎は頭を抱えたままうずくまり、やがてぐったりとうつ伏せに倒れた。

袖崎が動かなくなった直後に、また地鳴りが聞こえ、家がぐらぐらと揺れた。明らかにさっきより音が大きくなっていた。

袖崎の身に何が起きているのかまるで分からなかった。今は自分で決めるしかない。

入江は車の鍵をポケットにねじ込むと、「すみません!」と袖崎を背負った。

袖崎の体が異様《いよう》に重く感じられた。完全に意識を失っている。

「……あとで、ちゃんと話しましょう」

入江は一方的にそう告げて、歯を食いしばりながら歩き出した。

4

十一月十八日。吸い込まれそうな薄青の空の下、沖野は理学部一号館の玄関先に佇んでいた。

時刻は午前十時を過ぎた。吹く風は爽やかで、秋らしい穏やかな日差しがキャンパスに降り注いでいた。まさに台風一過だ。

今回の台風は風よりも雨がひどかった。四宮市内でも、河川の増水で床上浸水した家屋が何十軒とあったらしい。幸い、沖野のアパートは無事だったが、大学関係者の中にも被害を受けた人間はいるだろう。

あるいは、入江もそれに含まれるのかもしれない。

そんなことを考えていると、二つの人影が近づいてくるのが見えた。ユリヤ王子と多華子だ。

「ああ、すみません。ここで待っていてくださったのですか」と王子が足早に沖野のところにやってきた。

「もう入館カードをご返却いただきましたから」と沖野は言った。王子が理学部一号館に来るのは数週間ぶりのことだった。「今日は、ご足労いただきありがとうございます。

本来であれば、私が殿下のご宿泊先に伺うべきなのに、申し訳ございません」

「いえ、私が望んだことですから」

王子が隣の多華子をちらりと見る。彼女は無表情だ。ただ、前に見掛けた時よりも顔色が悪いように感じる。頬もこけただろうか。かなりストレスを感じながら日々を送っているらしい。

「私の教員室で構いませんか」

「ええ、もちろん。あの部屋の雰囲気が好きです」と王子が微笑む。「きっと、先生のお部屋で話すのは今日が最後になるでしょうね」

「そうなると思います」と同意し、沖野は自動ドアのロックを解除した。

二人を連れ、二階の教員室に向かう。王子と多華子を先にソファーに座らせ、人数分のコーヒーを用意する。

「こちらをどうぞ」

カップをテーブルに置き、沖野は反対側のソファーに腰を下ろした。

「やはり、とても素晴らしい香りですね」と微笑み、王子がコーヒーを口に運ぶ。多華子は自分のカップには手を付けずに、王子の様子をじっと見ていた。

王子はひとしきりコーヒーを楽しむと、「そういえば」とカップをソーサーに置いた。

「昨夜、舞衣さんを食事に誘ったのですが、いつもよりも落ち込んでいるように見えました。何かご存じでしょうか」

「……おそらく、関わっていた案件が理想的な形で決着しなかったことに心を痛めているのでしょう」

「それは気になりますね。詳しくお聞かせ願えますか」

「個人名は伏せさせていただきますが……」と断ってから、沖野は二日前に天波山で起きた出来事について説明した。

　あの日は台風の接近に伴い、大学は休校になっていた。舞衣は学内での突発的なトラブルに備えて、いつも通りに出勤していた。

　天波山で土砂崩れが起きたことを知ったのは、午後四時頃のことだった。舞衣はすぐに入江のことを思い出したという。すぐさま彼と連絡を取り、急いで下山するように指示を出した。

　身の危険を感じていた入江は、袖崎と共に車に乗り込み、その場を離れた。幸い、ふもとに至る道は問題なく通行が可能で、入江たちは無事に市街地まで下りてきた。

　これで大丈夫だと安堵した時、入江は袖崎の異変に気づいたのだという。どれだけ呼び掛けても、袖崎が一切反応をしなかったのだ。入江の話だと、山中の家を出る時から意識がなかったらしい。

　入江はすぐさま最寄りの総合病院に駆け込んだ。

出血性脳卒中《のうそっちゅう》。それが、袖崎を襲《おそ》った病の正体だった。すでに脳内に大量の出血があり、即座に開頭《かいとう》手術が行われた。

一命こそ取り留めたものの、未だに袖崎の意識は戻っていない。医師によれば、脳自体への影響は深刻で、ずっとこのままの可能性が高いという話だった。

病の兆候があったのかどうかは分からない。発作が起きる直前に、袖崎はイワケビラゴケを燃やした煙《けむり》を吸っていた。それに含まれるテトラヒドロカンナビノール誘導体には心拍数を上昇させる作用がある。その働きによって血圧が上昇した結果、脳の血管が破れて出血に至ったのではないか、というのが考えられる原因の一つだった。

沖野の説明を聞き、「なるほど、そんなことが……」と王子が神妙に呟いた。

「七瀬くんが責任を感じる必要はないと思うのですが、そんな風に割り切ることはできないようです」

「その首謀者《しゅぼうしゃ》の男性が自らの行いを反省し、真っ当な暮らしに戻ることを願っていたのでしょうね。とても舞衣さんらしいと思います。誰もが最大限に幸福になることを望み、そのために行動する……そんな方に王妃になってほしいと思います」

「そうですね」と頷き、多華子を見る。視線が合うと、彼女はようやくコーヒーを飲んだ。やはり表情は硬いままだ。

「そろそろ、本題に入ってもよろしいでしょうか」

「ええ」と王子が口元を引き締める。「決心なさったのですね」

沖野は深々と頭を下げた。

「はい。マイセンではなく、この地で研究を続けることにいたします。ご期待に沿えず申し訳ございません」

「そうおっしゃると思っていました」その声に顔を上げる。王子は微笑んでいた。「四宮大学に残ることを決めた理由を伺いたいですね」

「一言で言えば、まだ何も残せていないからです。恥ずかしながら、四宮大学に来るまでの私には、長期的な目標というものがありませんでした。この大学で研究室を持って初めて、独自性のある研究テーマを考える必要に迫られたのです。それから自分なりに努力してきましたが、他者の模倣《もほう》の範疇に留まっていたように思います」

「それは自分に厳しすぎるのではありませんか。沖野先生は、『天然物の応用』を柱に、様々な研究を行ってこられた。それは独自性のある発想ではないのでしょうか」

「応用という言葉の意味は大変に広く、何かを少し変えただけで『応用した』と主張できてしまいます。確かに扱う天然物にはオリジナリティがありましたが、加えた変化は他の研究者の真似事にすぎません。その応用の先に何があるかを具体的に思い描くことで初めて、研究としての意味が生まれるということに気づいたのです」

「なるほど。たとえそれが小さなものでも、変化を重ねることで誰も見たことのない世界にたどり着けるということですね」

「ええ、まさにその通りです。この閃きをきちんと形に残したいというのが私の新たな目標です」

「その目標は、この地で叶えなければならないものなのでしょうか」

「ええ。ここで結果を出せなければ、どこに行っても同じだと思います」

「そうですか。目標達成にはどのくらい時間がかかりそうですか？」

「分からないですね。一年で終わるのか、それとも二十年経っても終わらないのか……」

「沖野先生の考えはもちろん尊重しますが、マイセンに来ていただきたいという気持ちは変わっていません。いくらでも待ちますので、ぜひ我が国にお越しください」

「……私にはもったいないお言葉です」

「正当な評価ですよ」と微笑んで、王子はコーヒーを飲んだ。

「長くお待たせしてすみませんでした。ちなみに、日本にはいつまで滞在されるおつもりですか？」

「母の遺した言葉の謎はまだ解けていません。ただ、天波山の展望台から四宮の街並みを見下ろした時に、答えが思いつきそうな予感が生まれたのです。それで、毎日のように展望台に足を運んでいたのですが……先日の台風で道路が塞《ふさ》がり、展望台に行けなくなってしまいました」

「……復旧《ふっきゅう》には時間がかかると聞いております」と、ここまでずっと黙っていた多華子がぼそりと言う。

「道は一本しかないのでしょうか？」と沖野は尋ねた。

「地図を見る限りはそのようです」と多華子が答える。

「一応、ハイキングコースはあるんですよ。そこを登り切れば、展望台と同じような景色が見えると思います」

「そんなこと、できるはずがないでしょう！　万が一のことがあったら、マイセンの未来が断たれてしまいます！」

「多華子。先生に失礼だよ、そんな言い方は。せっかく提案してくださっているのに」と王子がたしなめる。「登るかどうかはともかく、場所を教えていただけますか。多華子、端末をお渡しして」

王子に言われ、多華子がバッグからタブレット端末を取り出した。受け取って確認すると、画面には天波山の地図が表示されていた。

「ええと、どの辺りだったかな……」

地図を指でなぞりながら、舞衣と足を運んだハイキングコースの入口を探す。

すると、急に縮尺《しゅくしゃく》が変わり、四宮市の全域が表示された。しかも、ズームインを試みても反応がない。アプリが固まってしまったようだ。

「すみません、挙動が変になってしまいました」

「ああ、最近調子がよくないんですよ。車の中で見ている時に落としてしまって。再起動してみます」

苦笑しつつ、王子がタブレット端末を受け取る。

その瞬間、彼は両目を見開いた。その目は画面に釘付けになっている。

「どうされましたか、殿下」

心配そうに多華子が声を掛けても、王子は何も返事をしない。

その様子は、研究者が重要な発見をした時のそれによく似ていた。彼は何かに気づいたのだ。

一分ほど考え込んだあと、王子はゆっくりと画面から顔を上げた。その瞳には強い光が宿っていた。

「王国の未来を考えるためには、四宮を知らなければならない――その言葉の意味が分かったように思います」王子は力強く言って、「沖野先生のお陰です。ありがとうございます」と礼を口にした。

「いや、私は何もしていませんよ。貢献《こうけん》したのは機械の気まぐれです」沖野は笑って、タブレット端末を指差した。「あるいは、亡くなられたお母様の起こした奇跡かもしれません」

「私がいつまでも答えを出せずにいたので、もどかしくなったのでしょうね」王子は笑みを浮かべながら立ち上がった。「舞衣さんにもこのことを報告します」

「そうしてやってください。きっと喜ぶと思いますよ」

「まるで自分のことのように、ですね」

王子は嬉しそうに微笑んで、多華子を連れて教員室を出ていった。

沖野は息をつき、ソファーに座り直した。

沖野へのオファーと、母親の遺した謎。ユリヤ王子の目標は、一度に二つも決着したようだ。残すはあと一つ。結婚相手の問題だ。

鍵を握っているのは舞衣だ。膠着《こうちゃく》した事態を動かすには、彼女の決断が重要になる。

沖野はそう感じていた。

「……軽く、アドバイスでもするか」

沖野は立ち上がり、机の上の電話機に手を伸ばした。

5

舞衣はぼんやりと窓の外を眺めていた。自宅へと続く大通りの街路樹には、早くもクリスマスのイルミネーションが飾られ始めていた。

コース料理を食べ終えたばかりなので、車の振動に身を任せていると眠りの世界に引きずり込まれてしまいそうになる。目を閉じたい誘惑と戦っていると、「今日は一段と美味しかったですね」とユリヤ王子に話し掛けられた。

それでぱっと目が覚める。「本当に。おかげで、合間で出されたパンを食べすぎてしまいました」と舞衣は笑顔を作ってみせた。

「いつも通っている店なのに、不思議です。母の遺した謎が解けたので、それで気持ちが楽になり、料理を楽しむ余裕が生まれたような気がします」

「ああ、それはあるでしょうね」

今日の食事の席で、舞衣はその謎の答えを聞いていた。

「――展望台からの景色になんとなく見覚えがあったのです」

食事が終わってすぐ、王子がタブレット端末を差し出した。そこには、一枚の航空写真が写っていた。上空から地上を写したものだ。

「これは、四宮市ですね」

舞衣がそう言うと、「いいえ」と王子は首を振った。「これは、マイセン王国の全景を捉えた写真です。よく見れば、縮尺が違うことが分かると思います」

もう一度画像を見てみる。確かに輪郭《りんかく》が確認できないほど建物が小さい。白や黒、灰色のドットが並んでいるだけだ。

「今、舞衣さんは写真を見て四宮市だとおっしゃいました。これが、母の言葉の意味だったのです」

「……地形が似ている……ということですか」

「そうです。北に山岳《さんがく》、南に海。その間に挟まれた平地に街がある。マイセン王国も四宮市もそういった構造になっています。もちろん、類似性のある街は他にもあるでしょうが、山岳地帯と平地の面積の比率やそれらの形状、河川の本数や位置、そして道路の敷設《ふせつ》状況などを総合的に判断した時、四宮市ほどマイセンに似ている街はないと思われます。母はそれに気づいていたのでしょう」

「なるほど……しかし、マイセンの方が優れている面も多くあります。四宮を知ることがどれほどマイセン王国の未来に繋がるのでしょうか？」

「このままでいいのかよく考えなさい、ということだと思います。マイセンは科学に力を入れています。先代も現在の国王も、その方針を掲げてきました。ところが、この数十年間、我が国はこれといった実績を挙げられていません。国家を代表するような科学系企業を育てられていませんし、ノーベル賞受賞者も出ていませんから。四宮市はかつて造船で栄えていましたが、行き詰まりを迎え、財政の悪化を招いたそうですね。その歴史から、独力での発展にはいずれ限界が来る、ということを母は感じていたのではないでしょうか」

「科学だけではなく、別の方面にも目を向けてほしいと……」

「もちろん、地形が似ているから歴史までもが似るとは限りません。母もそれは分かっていたでしょう。だから、四宮市の歴史を学ぶことそのものが重要なのではないのだと思います。『これまでのやり方にこだわりすぎないように』というのが、母の言葉に込められた本当の想いだったのです」

王子は明瞭《めいりょう》な口調でそう語り、「母が国を憂《うれ》う気持ちを抱いていたことを初めて知り、今後の方針を見直す気になりました」と続けた。

「現在のマイセンは小国です。高い目標を掲げたところで、できることとできないことがあります。力不足を理解した上で、どう成長していくか。そういうことを考えたいと思います」

なぜ王妃は、生前にこの考えを周囲に伝えなかったのか。王子の説明で、その理由が分かった気がした。おそらく、彼女は夫である国王の考えを尊重し、なるべく口出しをしないように心掛けていたのだろう。

彼女のその判断には、祖母との断絶も影響していたかもしれない。自分の考えを前面に押し出すことで軋轢が生まれ、人間関係がぎくしゃくすることを恐れていたのではないだろうか。

それでもマイセンの将来について何かアドバイスを送りたくて、思っていたことをユリヤ王子にだけ打ち明けた――それが真相だったように思う。


王子とのやり取りを思い出しているうちに、車は舞衣のマンションに到着していた。

多華子が車を降り、舞衣の側のドアを開く。

いつもならここで王子に「おやすみなさい」を言って別れる場面だ。だが、今日はまだ帰るわけにはいかない。

「殿下。少しだけお時間をいただけますか」と舞衣は覚悟を決めて言った。「どうしてもお伝えしておきたいことがあります」

舞衣の視線を受け止め、王子はゆっくりと頷いた。

「ええ、分かりました」

「ありがとうございます」舞衣は一礼し、多華子の方に顔を向けた。「多華子さん。申し訳ありませんが、二人だけにしていただけますか。数分で済みますので」

多華子の眉間に鋭いしわが浮かぶ。

「……大事な話でしたら、それにふさわしい場所にお連れしますが」

「多華子」と王子が優しく呼び掛ける。「舞衣さんは家の前まで来ているんだ。今からどこかに連れていくのは忍びない。車の中で構わないよ」

「……承知しました。周囲を警戒していますので、終わったらお声掛けください」

多華子はそう言って、丁寧にドアを閉めた。

二人きりになり、舞衣は大きく息をついた。今までも王子と一緒にいる時に緊張したことがあったが、今夜は今までで一番だ。顔がこわばっているのが自分でも分かる。

こんなことを言ってしまっていいのか、という迷いはある。だが、これ以上王子を四宮に留め置くのは、マイセンにとっての不利益になりかねない。諸外国との外交の一部は、ユリヤ王子が受け持っているのだ。一日も早く、王子に残された最後の課題——将来の王妃探しの問題に決着を付けなければならない。

隣を窺う。ユリヤ王子は舞衣を見ていた。表情は落ち着いている。いつも通りの彼だった。

6

舞衣は深呼吸をして、王子の方に体を向けた。

「結婚のことについて、私は一つの決断をしました。それは——」

「……ふう」

髪を乾かし終え、私はホテルの自室のベッドに腰を下ろした。

ヘッドボードに組み込まれている時計は、午後十一時を示している。部屋に戻ったのは午後九時過ぎだった。シャワーを浴びていたのは十分ほどのことだ。一時間半以上、ベッドでぼんやりしていた計算になる。

一日の汚れをシャワーで洗い流せば少しは気分が晴れるかと思ったが、効果はまるでなかった。胸の中は、ディーゼル車の排気ガスのような黒いもやで満たされたままだ。

ユリヤ王子は毎晩のように七瀬舞衣と食事をしている。その様子を、私は間近で見続けてきた。言葉を発することもなく、ただ二人の会話を聞き続ける。それは何かの罰ではないかと思いたくなるくらい苦痛な時間だった。

それでも、護衛として取るべき態度を崩すような失敗はしなかった。舞衣を王子の妻として迎えるための予行演習だと思い込んで耐えてきた。

ただ、食事のあと、自宅前で「王子と二人になりたい」と舞衣が言い出した時は、さすがに我慢ができなかった。護衛失格だと頭では理解していたのに、彼女を睨まずにはいられなかった。

車中での二人だけの時間は、五分ほどで終わった。ただ、車から降りてきた舞衣の表情には今までにない充実感があった。大きなことを成し遂げた喜びが全身から放たれているように見えた。

彼女は結婚の受諾を王子に伝えたのだ。王子は何も言っていなかったが、私はそう確信していた。

近いうちにマイセンに戻ることになるだろう。長かった異国での日々が終わり、ようやく日常を取り戻すことができる。

ただ、その日常はこれまでと同じではない。ユリヤ王子だけではなく、舞衣も護衛の対象になる。二人の仲睦《なかむつ》まじい姿を見続けなければならない。そのストレスに耐えられる自信はなかった。きっと、任務にも支障が出る。舞衣がマイセンにやってくる前に配置転換を申し出ることになるだろう。

いつもは眠りにつく前にイメージトレーニングを行うが、今日はその気力はなかった。部屋の明かりを消し、私はベッドに横になった。

眠れる気はしないが、規則正しい生活は護衛としての基本だ。眠れる時に眠っておかねばならない。

目を閉じてぎゅっと体を縮めた時、ドアがノックされる音が聞こえた。

ホテルの従業員だろうか。何か緊急事態が生じたのかもしれない。私は明かりをつけ、急いでベッドから抜け出した。

駆け寄り、ドアを開く。

思わず、「えっ」と声が漏れた。

そこにいたのはユリヤ王子だった。日本に来てから、こんな時間に彼が部屋を訪ねてきたことは一度もない。

私はふと、マイセンを発《た》つ前夜のことを思い出した。あの日も、王子はこんな風にふらりと私の部屋にやってきた。

「やあ、こんな時間にすまないね」と彼が日本語で言う。「もう寝ていたかな」

「いえ、起きていました」

「そうか。少し、いいかな」と、王子が部屋の中を指差す。

「狭いところですが……」

「構わないよ」と王子が微笑む。その表情に私は小さな違和感を覚えた。いつもよりも若干ぎこちなさがある。緊張しているのだろうか？　王子には珍しいことだ。

王子を迎え入れ、私は書き物用の椅子を彼に勧めた。

普段通りに立って話をしようとしたら、「落ち着かないから座ってもらえるかな」と言われた。といっても座れる場所が他にない。私は仕方なくベッドに腰を下ろした。

こうして座った状態で向かい合って話すことは少ない。狭い部屋に二人きりであることを今さらながらに意識すると同時に、強烈な悲しみが心の底から湧き上がる。護衛隊を辞めれば、もう王子の近くにはいられなくなる。

「日本での滞在が、ずいぶん長くなってしまったね」

「……そうですね。当初の予定を過ぎてしまいました」と私は頷いた。今回の来日で、王子はいくつもの目標を抱えていた。それらをすべて解決できるよう、一カ月間は日本にいるつもりで予定を立てていた。

「多くの人に迷惑を掛けてしまっただろう。そのおかげで、目標をほぼ達成できた。ようやくマイセンに戻れるよ」

「素晴らしいことだと思います。すべて、殿下のご努力の結果です」うまく笑えているだろうか。不安を隠しつつ、私は微笑んでみせた。「七瀬様から、よい返事がもらえたのですね」

「……そうだね。思っていたのとは違う言葉だったけど」

王子が気まずそうに視線を床に落とす。私は思わず、「何があったのですか」と訊いていた。

「……『卑怯《ひきょう》だ』と言われたよ。それと、『考えは理解できるが、手口がよくない』とも言われた」

卑怯？　手口がよくない？　全身が怒りで熱くなる。平民風情《ふぜい》が王子にそんな言葉をぶつけていいはずがない。あまりに無礼だ。

「いいんだ、多華子。七瀬さんの言う通りなんだ。結局のところ、僕は多華子に甘えていたんだろう」

「……どういう、意味でしょうか」

「七瀬さんを結婚相手として迎え入れたいと言ったのは、本心ではなかった」と王子は私の目をまっすぐに見て言った。「僕が彼女に求めたのは、『触媒《しょくばい》』になってもらうことだった」

「……触媒？」

「ある人物の自覚を促し、一歩を踏み出してもらうきっかけを作る手伝いを頼んだんだ。もちろん、そのことは七瀬さんに説明してある。その上で協力してもらっていたんだ」

私は眩暈を感じた。王子が喋《しゃべ》っている内容がまったく頭に入ってこない。

「……いけないいな、こんな話し方では」と王子が苦笑する。「こんな瀬戸際《せとぎわ》になっても、僕はまだ勇気を出せずにいる。本当に情けないよ」

「そんなことはありません！　殿下は大変に立派な方です。私は心から尊敬しています。殿下と初めて出会った頃からその気持ちは変わっていません」

王子が何を言おうとしているのかは分からなかったが、私はたまらずそう口走った。

「ありがとう。君が僕に敬意《けいい》を払ってくれていることは、本当に嬉しい。だけど、そこには少なからず、王族と護衛という主従関係の影響があると思う。僕はそれを無くしたいと思っているんだ」

王子は立ち上がると、床に膝をついて私の手を取った。

「多華子。僕は君を愛している。どうか僕の妻になってほしい」

あまりに予想外の言葉に、私は室内を見回していた。もしかしたらこれは夢なのでは。そう思って不自然な箇所を探したが、どこにもそんなものは見当たらなかった。

「……君が僕のことを好きでいてくれていると、そう感じていた。だから、いつか君の方から好意を伝えてもらいたいと思っていた。多華子に、王族と護衛という関係を壊す覚悟を持ってほしかったんだ。日本で二人きりになる時間が増えれば、多華子もその気になるんじゃないかと期待していた。……だけど、それは王族にふさわしい振る舞いではなかった。僕は堂々と君に求婚すべきだったんだ。でも、できなかった。失敗して傷つくのが怖かったからだ」

王子は切ない声でそう打ち明けて、私の手を握る指先にほんの少しだけ力を入れた。

「愚かな僕を許してくれないか。そして、どうか僕の願いを叶えてほしい」

「……これも、日本でやるべきことの一つだったのですか」

私はこちらを見上げる王子の瞳を見つめながら言った。

「ああ、そうだ。最大の課題だった。これが解決できていたら、その時点でマイセンに帰っていたと思う。一刻も早く父に……そして国民に伝えたいから」

「……では、帰りましょう」と私は微笑んだ。「なるべく早く」

「多華子。じゃあ……」

「私は、自分が王妃にふさわしい人間だとは思いません。ですが、敬愛する殿下は私を選んでくださいました。信じる人の言うことであれば、心から信じられます。だから、堂々と受け入れようと思います」

「……ありがとう、多華子」

王子は満面の笑みを浮かべ、私を優しく抱き締めた。

私はその温《ぬく》もりにいざなわれるように、彼の背中に手を回した。

「多華子。二人きりの時はもう、王子とは呼ばないでくれないか」

「……私もそれを提案しようと思っていました」

私はこの上ない幸せを嚙み締めながら、そっと目を閉じた。

「ユリヤ。あなたのことを、世界中の誰よりも愛しています」

7

十一月二十一日、土曜日。

舞衣と沖野は、冷たい風の吹く広場のベンチに掛けていた。

国際空港の滑走路に隣接した広場には、ジャングルジムや滑り台、鉄棒《てつぼう》などの遊具が設置されている。背後に響く子供たちの声を聞きながら、舞衣はフェンスの向こうの滑走路を眺めていた。

やがて、そこに一機の大型機が現れる。

「あ、あれじゃないですか」

「そうみたいだな。手を振ってもさすがに見えないか」と言いつつ、沖野が立ち上がる。

「変な人だと思われるでしょうね」と笑って、舞衣もベンチから腰を上げた。

ロシア行きのあの航空機に、ユリヤ王子と多華子が乗っている。日本からマイセン王国への直行便は出ていない。モスクワで別の便に乗り替えて帰国すると王子は言っていた。順調にいってもフライトだけで十三時間はかかるという。

白い機体が滑走路の端までゆっくりと移動していく。その様子を眺めながら、「ありがとうございました」と舞衣は沖野に言った。

「ん？　何のことだ？」

「ほら、電話をくれたじゃないですか。『自分の考えを正直に王子に話すべきだ』って。あれで吹っ切れたんです」

「ああ、あれか……。かなり長引いているようだったから、動いた方がいいかと思ったんだ」

「よく分かりましたね、私が悩んでるって」

「まあ、なんとなくな」と沖野がポケットに手を入れる。「君の性格からして、当て馬的なやり方に不満があるんじゃないかと思ったんだ。いつ協力を頼まれたんだ？」

「沖野先生の部屋で、国島さんを交えて話をした日の夜ですね。十月十六日だったかな。最初はうまくいくと思って受け入れたんですけど、多華子さんの辛そうな姿を見ているうちに、『やめとけばよかったかな』って感じ始めました。自分が同じ立場だったらどんな気持ちになるだろうって考えたら、一気に悲しくなってしまったんですよね」

「王子も彼女を困らせたかったわけではないだろう。まあ、時間はかかったが結果的にはうまくいった。それでいいんじゃないか」

「全部が全部ハッピーエンドではないですけどね」と舞衣は嘆息した。

「……袖崎と入江くんのことか。彼はどうしているんだ」

「袖崎さんが入院している病院に毎日顔を出しているみたいです」

「あいつの意識はまだ戻っていないんだな」

「ええ。……入江さんと電話で一度だけ話をしたんですけど、大学は中退するそうです。『今さら戻れる気がしない』と……」

「他学部への転部の希望は？」

「一応、考えてみるとは言っていました。すぐには判断できないという話です。ただ、もうイワケビラゴケを育てるつもりはないと断言していました。袖崎さんを襲った不幸を目《ま》の当たりにしたことで、薬物の恐ろしさが分かったそうです」

「そうか。まあ、ドラッグから足を洗うのであれば、そこまで心配しなくてもいいだろう。彼はまだ若い。大学への復帰だけがすべてじゃない。その気になれば、いくらでも再スタートを切れる」

「そうですね。中退したとしても、できればケアを続けていけたらと思います」

王子の乗った飛行機は、滑走路に入ったところでいったん停止した。管制塔《とう》からの離陸指示を待っているようだ。

「……そういえば、断っちゃったんですね」

「マイセン行きのオファーか」

「正直、五分五分かなと思っていました」と舞衣は言った。「もっと輝ける場所を目指して、新しい世界に飛び込んでいく可能性もあるかなって」

「飛躍したい気持ちがないわけじゃないが、四宮大で充分に成果を出せていないという感覚が強い。だから、辞退させてもらった」

ただ、と言って沖野は西の空に目を向けた。

「もし四宮大を離れるのがベストだと感じた場合は、新天地を目指すと思う」

「その時は、全力で応援しますよ」と舞衣は言葉に力を込めた。「先生と離れるのは寂しいですけど、前に進んでいくことがきっと幸せに繋がると思いますから」

「……なんで泣いてるんだ？」

沖野に指摘され、舞衣は目尻に触れた。指先が濡れる感触で、舞衣は目が潤んでいたことに気づいた。

滲んでいた涙の粒を指で拭い、「風が強くって」と舞衣は笑った。

「なんか、『もうすぐさよなら』みたいな雰囲気になっているが、俺はまだ四宮大で頑張るつもりだぞ」

「分かってますって。つまり、今後も科学関連のトラブルの解決に協力してくださるってことですよね！」

「え、いや、そんな約束をするつもりはないが……」

沖野が言い終わるより早く、航空機が動き始めた。

「あ、先生、出発しますよ。見送らないと！」

ジェットエンジンのけたたましい唸りと共に、白い機体が加速していく。

機体の前方がふわりと持ち上がる。金属の塊であるはずのそれが、不思議とその瞬間だけは生き物のように見えた。

やがて全体が空中に浮き上がった。機体がぐんぐんと上昇していく。あっという間に飛行機は白い粒になり、そして空の彼方《かなた》に消えていった。

「さようならーっ！」

舞衣は空に向かって叫び、大きく手を振った。

隣を見ると、沖野は苦笑しつつ空を見上げている。

「どうして何も言わないんですか」

「いや、逆にこっちが訊きたい。聞こえないのに何で叫んだんだ。変人だと思われると言ったのは君だぞ」

「自分の中で区切りをつけるためですよ。別れの儀式って、だいたいそんなものじゃないですか」

「……君が納得しているならそれでいい。さ、帰るとするか」

「まだ昼前ですけど、大学に顔を出されるんですか？」

「いや、今日は休みにした。たまには体を休めようと思ってな」

「じゃあ、一緒にランチに行きませんか。王子とあちこちでご飯を食べたので、美味しい店に詳しくなったんです」

「……恐ろしい値段の店ばかりじゃないのか」

「夜はともかく、ランチはそこまででもないみたいですよ。もちろん割《わ》り勘《かん》です。いかがですか？」

沖野はポケットから手を出して鼻の頭を掻くと、「まあ、悪くない提案だ」と呟いた。

「決まりですね！　じゃ、すぐに予約しますね」

スマートフォンを取り出したところで、ショートメッセージが届いていることに気づいた。差出人は入江だった。

〈献身的に袖崎さんの治療に当たる皆さんを見ているうちに、やりたいことが見えてきました。看護師《かんごし》の道に進もうと思います〉

入江からのメッセージを読み進めるうちに、心が温かくなってきた。

「沖野先生、これ！」

舞衣はスマートフォンを高く掲げながら、歩き出していた沖野のもとへと駆け寄った。

本作品は書き下ろしです。

またこの物語はフィクションです。実在する人物、団体等とは一切関係ありません。

中公文庫

化《か》学《がく》探《たん》偵《てい》Mr.《ミスター》キュリー 10

2021年5月25日　初版発行

著　者　喜《き》多《た》喜《よし》久《ひさ》

発行者　松田陽三

発行所　中央公論新社
〒100-8152　東京都千代田区大手町1-7-1
電話　販売 03-5299-1730　編集 03-5299-1890
URL http://www.chuko.co.jp/

ＤＴＰ　平面惑星
印　刷　大日本印刷
製　本　大日本印刷

Published by CHUOKORON-SHINSHA, INC.
Printed in Japan　ISBN978-4-12-207067-7 C1193

尊き死たちは気高く香る
DETECTIVE OF DEATH FRAGRANCE
YOSHIHISA KITA
喜多喜久
死香探偵
イラスト／ミキワカコ
さて、現場の謎を
嗅ぎ解こう
じゃないか！
STORY
特殊清掃員として働く桜庭潤平は、死者の放つ香りを他の匂いに変換する特殊体質になり困っていた。そんな時に出会ったのは、颯爽と白衣を翻し現場に現れたイケメン准教授・風間由人。分析フェチの彼に体質を見抜かれ、強引に助手にスカウトされた潤平は、未解決の殺人現場に連れ出されることになり!?　分析フェチのイケメン准教授×死の香りを嗅ぎ分ける青年の、新たな化学ミステリ！
中公文庫